KB061911

오월의 밤

책 세 상 문 고

세 계 문 학

0 2 1

오월의 밤

La Nuit de Mai

알프레드 드 뮈세 지음
김미성 옮김

책세상

일러두기

1. 이 책은 알프레드 드 뮈세Alfred de Musset의 《시전집*Poésies complètes*》(Paris : Gallimard, 1957)에 실려 있는 《신시집*Poésies nouvelles*》 중에서 24편을 뽑아 번역한 것이다.

2. 주석은 모두 《시선집》의 편집자인 모리스 알랭Maurice Allen의 노트이다. 옮긴이 주는 '(옮긴이 주)'로 표시했다.

3. 맞춤법과 외래어 표기는 1989년 3월 1일부터 시행된 〈한글 맞춤법 규정〉과 《문교부 편수자료》, 《표준국어대사전》(국립국어연구원, 1999)을 따랐다.

롤라

I

그대들은 대지 위의 하늘이

신의 백성들[1] 사이로 걸어 들어와 숨 쉬던 시절을 그리워하

는가.

바다의 딸 비너스 아스타르테[2]가

처녀 적에 어머니의 눈물을 흩뿌리고,

머리카락을 짜내어 세상을 풍요롭게 했던 그때를?

그대들은 장난꾸러기 요정들[3]이

햇빛 속에서 물속에 핀 꽃들 사이로 물결치듯 움직이고

갑작스러운 웃음소리로

기슭의 갈대숲에 누운 게으른 목신(牧神)[4]을 성가시게 하던

시간을,

샘물이 나르키소스의 입맞춤으로 전율하던 시간을 그리워

하는가?

그때 헤라클레스는 사자 가죽[5]으로 만든 피 묻은 외투를 걸치고

북쪽에서 남쪽까지

세상에 영원한 정의를 전파하고 있었고,

빈정대는 숲의 요정들은, 떡갈나무 껍질[6] 속에서,

초록빛 작은 가지들과 함께 바람에 흔들리고,

메아리로 나그네의 노래를 휘파람으로 부르고 있었다.

그때 모든 것은 신성했다, 인간의 고통까지도.[7]

그때 세상은 오늘날의 세상이 소멸시킨 것을 숭배했다.

그때 수많은 신[8]에게는 단 하나의 무신론자도 없었다.

그때 사탄의 만형이자 그처럼 실추된 프로메테우스를 제외하고[9]

모두가 행복하지 않았던가?

——그리고 만물이, 하늘과 대지와 인간이 변했을 때,

세상의 요람이 세상의 무덤이 되었을 때,

북방의 폭풍우가 로마의 폐허 위에

불길한 눈사태의 수의를 펼칠 때,[10] ——

그대들은 야만의 세기에서

더 풍요롭고 더 아름다운 황금 세기가 태어난 그때를,

젊음을 되찾은 낡은 세계가 나사로와 함께

무덤의 돌을 부수던 그때를 그리워하는가?[11]

당신은 우리의 오래된 로망스가

그 마법의 세계를 향해 황금빛 날개를 펼치던 그때를 그리워하는가?

그때 우리의 모든 기념물과 모든 믿음은

그 순결함으로 순백인 외투를 입고 있지 않았던가?

그때, 예수의 손 아래, 모든 것이 막 다시 태어나지 않았던가?

그때, 왕궁과 사제관은

눈부신 전면(前面)에 같은 십자가를 달고서

하늘을 바라보며 산에 솟아 있지 않았던가?

그때 쾰른과 스트라스부르, 노트르담 대성당과 성 베드로 대성당[12]은

멀리서 돌로 된 드레스를 입고 무릎을 꿇고,

엎드린 백성들의 우주적 오르간 위에서

새로 태어난 세기의 환희를 노래하지 않았던가?

역사가 이야기하는 모든 것이 이루어지는 시대,

그때 상아로 된 십자가는 신성한 제단 위에서

얼룩 한 점 없고 우유처럼 흰 팔을 벌렸다.

그때 삶은 젊었고, ──죽음은 희망적이지 않았던가?

오, 예수여! 나는 기도에 이끌려 떨리는 발걸음으로

적막한 사원으로 향하는 사람들에 속하지 않습니다.

나는 자신의 심장을 치고, 당신의 피 묻은 발에 입 맞추며

십자가에 못 박힌 당신을 쫓아간 사람들에 속하지 않습니다.

충실한 당신의 백성이 검은 주랑 현관 주위에서
바람소리 사이로 낮게 찬송가를 부르며
북풍이 불 때의 갈대 무리처럼 고개 숙일 때
나는 당신의 성스러운 주랑 현관 밑에 서 있습니다.
오, 예수여! 나는 당신의 신성한 말을 믿지 않습니다.
나는 너무 오래된 세상에 너무 늦게 태어났습니다.
희망 없는 세기에서 경외심 없는 세기가 태어납니다.
우리 세기의 혜성은 하늘을 공허하게 만들었습니다.[13]
오늘날 우연은 어둠의 한가운데로
환상에서 깨어난 세상 사람들을 끌고 다닙니다.
지나가버린 시간의 정신은 시간의 잔해 위를 떠돌면서
팔다리가 잘린 당신의 천사들을 영원한 심연 속으로 내던
집니다.
고작 골고다의 못들이 당신을 기억합니다.
당신의 신성한 무덤 밑 흙이 꺼졌습니다.
당신의 영광은 사멸했습니다, 오 예수여! 우리의 흑단 십자
가들 위에서
천상의 것인 당신의 시신은 먼지가 되었습니다.

아! 믿음을 잃어버린 이 세기의 신앙심 깊은 아이만이라도
그 먼지에 입 맞추게 하소서.
오, 예수여, 이 차가운 대지 위에서
당신의 죽음으로 삶을 영위했던 이가, 당신 없이 죽게 될 이

가 눈물 흘리게 하소서.

오, 신이여, 지금 누가 그에게 생명을 되돌려주겠습니까?

예수여, 가장 순결한 당신의 피로 당신은 생명에 다시 생기를 부여했습니다.

당신이 행한 일을 누가 다시 할 수 있겠습니까?

태어난 지 얼마 안 된 노인들인 우리에게 누가 젊음을 되찾아줄까요?

우리는 당신이 태어나던 날에도 그랬듯이 늙었습니다.

우리는 그토록이나 기다립니다, 우리는 더 많은 것을 잃어버렸습니다.

더 창백하고 더 차갑게, 커다란 관 속에

나사로는 다시 한번 누워 있습니다.

우리의 무덤을 열어줄 구세주는 대체 어디 있나요?

신성한 누더기 옷에 만백성을 매달고

로마인에게 설교하는 노(老)성자 바울은 대체 어디 있나요?

최후의 만찬실은 대체 어디인가요? 카타콤은 대체 어디인가요?

불의 후광(後光)은 대체 누구와 함께 걸어가나요?

마리아의 향유,[14] 너는 누구의 발 위로 떨어질 것인가?

대기 중 대체 어디에서 신의 목소리가 울리나요?

우리 중 누가, 우리 중 누가 신이 될까요?

대지는 그때만큼 노쇠하고, 그때만큼 타락했고,

성자 요한이 바다의 모래 위로 나타났을 때[15]와 똑같이
절망에 빠진 머리를 흔듭니다.
빈사 상태의 대지는 신성한 그의 말에
갑자기 임산부처럼 몸을 떨면서
자신 속에 새로운 우주가 뛰고 있음을 느낍니다.
클라우디우스[16]와 티베리우스[17]의 시간이 되돌아왔습니다.
여기서 모든 것은, 그때처럼 시간과 함께 사라져버렸습니다.
그리고 사투르누스[18]는 자기 자식들의 피 끝에 있습니다.
하지만 인간의 희망은 모체가 되기엔 지쳐버렸고,
너무도 젖을 먹여 크게 상처 입은 젖가슴은
불임으로 휴식을 취합니다.

II

방탕이 헐값에 거래되는
가장 오래되고 가장 많은 악행이 행해지는 세상 도시의,
   나는 파리를 말하는 것이다 ——모든 탕아(蕩兒)들 중 가장
유명한 탕아는
자크 롤라였다. ——선술집,
창백하게 떨리는 초롱불빛 아래,
더 다루기 어려운 아이가
따뜻한 탁자에 팔꿈치를 얹고 한판의 주사위 던지기를 하

고 있던 적은 일찍이 없었다.

　롤라의 삶을 지배한 것은 그 자신이 아니었다.

　그것은 그의 정열이었다. ── 졸고 있는 목동이 흘러가는
물을 바라보듯

　그는 정열을 그대로 내버려두었다.

　정열은 살아 있었다. ── 그의 육체는 이 창백한 여행자가

　발정기의 사슴처럼, 로마의 검투사처럼

　어둠 속에서 자신의 참모습을 발견하고, 자신의 심부(深部)
를 열기 위해,

　때로는 그곳의 침대와 높은 벽을 부수기 위해,

　돌풍에 모여들어

　단 한 그루뿐인 꽃 핀 관목에서 스무 번 사랑을 나누는 유쾌
한 새들처럼,

　때로는 함께 도취한 채 노래하기 위해

　머무르는 여인숙이었다.

　어리석은 몰락 귀족인 롤라의 아버지는

　부유한 상속자처럼 롤라를 키웠다.

　자기밖에 생각하지 않았던 롤라는, 자신의 작은 도시에서,

　재산의 반 이상을 탕진해버렸다.

　그래서 롤라는 아름다운 가을 밤,

　열아홉 살의 자신이 다른 사람의 지배를 받지 않고 자유롭
다는 사실을 알게 되었다. ──

　재능도 직업도 없이.

그는 노동이 전혀 불가능하다는 사실을 깨달았다.
보잘것없는 밥벌이, 하인의 직업은
저절로 입가에 미소를 짓게 만들었다.
이렇게, 수중에 있는 재산 조금이 전부인
그는 신이 만든 그대로 귀족으로 남았다.

끝없는 과업에 지친 헤라클레스는
하루는 두 갈래로 갈라진 길에 앉아 있었다고 전한다.
그는 자신에게 손을 내미는 쾌락을 보았지만
더 아름다워 보이는 덕(德)을 따라갔다.[19]
오늘날에는 선도, 악도 그 어느 것도 아름답지 않다.
멈춰 서고 의심하는 것은 우리의 시간이 아니다.
수세기가 지나면서, 두 오솔길 사이에
큰 길을 만들었지만 아무것도 남은 건 없다.

롤라는 그의 선조들이 행한 일을 스무 살에 했다.
대도시 주변에서 볼 수 있는 것은
도살장과 벽과 무덤이다.
사회에 발을 디디면서 그렇게
그는 시궁창을 발견하게 되었다. —— 신성한 순결은
모든 이의 시야에서 벗어나 삼중의 울타리 아래 숨었다.
사람들은 수치심을 가렸다. 하지만 부패는 대명천지에 매
음과 입맞춤한다.

사람들은 그들의 동류로부터 자신을 보호하기 위해
하늘로부터 받은 순결하고 불타는 강한 검을
흙탕물에 담그고야 그들을 품 안에 받아들인다.

자크는 키 크고 정직하고 대담하고 멋진 청년이었다.
삶을 하나의 격언으로 만들어버리는 관습은
그에게 구토를 일으켰다. ──행복하건 불행하건 간에,
그는 관습을 조금도 따르지 않았고, 그의 신들을 위해
그 손위 누이인[20] 오만과 자존심을 간직했다.

그는 금화로 가득 찬 돈주머니 세 개를 받고, 삼 년 동안,
법은 생각하지 않고 태양 아래 살았다.
아담의 아들이, 신성한 빛 아래,
동쪽에서 서쪽까지, 지상에서
백성들과 왕들에 대해 더 커다란 경멸을 보낸 적은 일찍이
없었다.

젊은 알키비아데스의 황금 옷[21]과도 같은
나태한 자존심을, 궁전에서 냇가까지,
왕의 외투처럼 뒤로 질질 끌면서
그는 홀로 사람들이 삶이라 부르는 이 가장무도회를
실오라기 하나 걸치지 않은 채 걷고 있었다.

그가 삼 년을 살 돈이 있었고, 재산을 탕진한 사실은
누구에게도 비밀이 아니었다.
세상은 그의 행동을 보고 비웃었다,
그리고 그런 행동을 하는 그는, 평소
모두 잃고 나면 뛰어내려버리겠다고 말하곤 했다.

그는 유년 시절처럼 순진하고, 연민처럼 선하고,
희망처럼 위대한, 고귀한 마음을 갖고 있었다.
그는 결코 자신의 가난을 믿으려 하지 않았다.
그가 입고 있는 갑옷은 몸에 맞지 않았다.
그 갑옷은 고작 하루 동안의 전투에만 유용했고,
그날은 여름밤처럼 짧았다.

사막에서 암말이,[22]
사흘 동안 걷고 난 후, 먼지 쌓인 종려나무 아래서
하늘로부터 내리는 물을 마시려고 폭우가 쏟아지길 기다릴
때,
태양은 머리 위에서 내리쬐고, 침묵하는 종려나무는
작열하는 태양 아래 긴 머리채를 늘어뜨리고 있다.
암말은 거대한 사막에서 우물을 찾지만,
태양에 우물은 말라버렸다. 뜨거운 바위 위,
갈기를 세운 사자들은 잠자며 으르렁 소리를 낸다.
암말은 기운이 쇠함을 느낀다. 피가 흐르는 콧구멍은

모래 속에 처박히고, 목마른 모래는
퇴색한 그 피를 게걸스레 마신다.
그때 암말은 쓰러지고, 커다란 눈에서는 생명의 빛이 꺼진
다.
그리고 창백한 사막은 일렁이는 수의의 고요한 물결로
자신의 아이를 감싼다.

암말은 몰랐다, 대상(隊商)들이
낙타몰이꾼들과 함께 플라타너스 아래를 지날 때,
바그다드에서 시원한 외양간과,
황금빛 꼴시렁과, 꽃 핀 풀과
바닥이 한 번도 드러난 적 없는 우물을 발견하기 위해서는
그들을 따라가 고개를 숙이기만 하면 되었다는 것을.
신이 우리를 모두 같은 흙으로 빚으셨다면,
고개를 숙일 줄도 날개를 접을 줄도 모르는,
전 재산으로 자유[23]라는 한 단어밖에 가지지 않은
이 존재는, 그것이 무엇이건 간에, 독수리이건 종달새이건,
분명, 낯선 흙으로 빚어졌음이 분명하고
성난 태양 빛에 목이 타 죽어가야 했다.

III

내려앉은 어둠 속, 이 황금 램프에

떨리는 커튼의 하늘빛이 물결치는 것은
눈〔雪〕 위인가, 아니면 조각상 위인가?
아니다, 눈은 더 창백하고, 대리석은 이렇게 하얗지 않다.
잠든 아이의 벌어진 입술 위로
이따금 약하고 부드러운 한숨이 떠돈다.
초록빛 해초의 것보다 더 가벼운 한숨이.
바다 위로 미풍이 이는 저녁,
사랑하는 꽃들의 뜨거운 입맞춤 아래
향기로운 날개가 꺾이는 것을 느끼며,
아이는 맨손으로 갈대에 맺힌 진주 같은 이슬을 마신다.

이 두꺼운 커튼 아래 잠들어 있는 한 아이,
열다섯 나이의, ── 거의 처녀가 다 된.
이 매혹적인 존재 안에 아직 성숙함은 없다.
그녀의 영혼을 보살피는 어린 천사는
자신이 그녀의 형제인지 연인인지 의아해한다.
풀어헤쳐진 긴 머리카락이 몸 전체를 덮고 있다.
그녀가 기도했고
내일 깨어나면서 기도하리라는 걸 증명이라도 하듯이
목걸이의 십자가는 손안에 놓여 있다.

그녀는 잠들어 있다, 보라. ── 얼마나 고귀하고 천진난만
한 얼굴인가!

투명한 파도 위의 티 없이 맑은 우윳빛 거품처럼,

도처에, 하늘은 아름다움 위에 수줍음을 퍼뜨린다.

완전히 벌거벗은 채 잠이 든 그녀는 가슴 위에 손을 얹고 있다.

밤이 그녀를 더욱 아름답게 하지 않는가?

부드러운 불빛이 그녀 주위에서 흔들리지 않는가?

마치, 저녁의 어두운 영(靈)이

이 아름다운 육체 위에서 자신의 검은 외투가 떨리는 것을 느끼는 듯.

교회 안 사제의 고요한 발걸음에,

오, 동정녀여! 너의 가벼운 한숨 소리보다 덜 신성한 공포로

심장은 두근거린다.

이 방과 이 싱싱한 오렌지나무와,

이 책과, 이 베틀과, 이 오래된 십자가 위로 기울어진

이 축복받은 나뭇가지를 보라,

이 우울하고 순결한 천국에서

우리는 마르게리테의 물레를 찾지 않을 것인가?[24]

유년 시절의 잠은 순결하지 않은가?

자신을 지키도록 하늘은 그녀에게 아름다움을 주지 않았는가?

신의 사랑처럼 동정녀의 사랑은

자비가 아닌가, 그녀에게 다가서면,

그녀가 숨 쉬는 공기 속에서 그녀를 옆에서 지켜주는 질투
심 많은 천사의
스치는 날갯짓이 느껴지지 않는가?

이 사람이 네 어머니가 아니라면, 오, 창백한 소녀여!
네 머리맡에 앉아,
불안한 얼굴로 머리를 흔들면서,
시계와 탁탁 튀는 아궁이의 불꽃을 바라보는 이 여자는 도
대체 누구인가?
이렇게 늦은 시간에 그녀는 무엇을 기다리는가? —— 이 사
람이 네 어머니라면,
그녀는 조금 전 누구를 위해,
네 문과 발코니를 열어놓았는가…… 네 아버지를 위해서가
아니라면?
하지만, 마리, 너의 아버지는 오래전에 죽었다.
이 술잔과 그녀가 방금 손수 차린 이 따뜻한 음식은
대체 누구를 위한 것인가?
이 촛대는 대체 누구를 위한 것인가? 대체 누가 올 것인가?
그가 누구건, 너는 잠들어 있고, 너는 그의 연인은 아니다.
네 밤의 꿈들은 낮보다 순수하고,
사랑을 말하기에 너는 너무 어리다.

이 여인이 물기를 닦아내는 외투는 대체 누구의 것인가?

비에 젖어 진흙투성이가 된 외투는
그것은 네 것이다, 마리아, 그것은 아이의 외투다.
네 머리카락은 젖어 있다. 네 손과 얼굴은
차가운 바람에 진홍빛이 되었다.
폭풍우가 몰아치는 이 밤에 너는 어딜 갔느냐?
이 여인은 네 어머니가 아니다, 분명.

조용! 누군가 말했다. 낯선 여인들이
문을 빠끔히 열었다. —— 반라의 다른 여인들이,
헝클어진 머리로 벽에 기대어,
땀을 흘리며 어두운 복도를 힘겹게 지나가고 있었다.
램프 하나가 움직였다. —— 요란한 연회의 흔적들이
창백한 불빛의 마지막 미광에
외딴 규방 깊숙이 나타났다.
붉게 물든 식탁보 위에서 서로 부딪치고
문은 소름끼치는 웃음소리를 내며 다시 닫혔다.
이것은 환영이다, 그렇지 않은가, 마리여?
내 눈을 사로잡은 기이한 꿈이다.
모두가 휴식을 취하고, 모두가 잠들어 있다. —— 이 여인은
네 어머니다.
이것은 꽃향기고, 네 머리카락을 적시는
은은한 기름이며, 네 아름다운 얼굴을 덮고 있는
순결한 홍조는 네 심장에서부터 몰려온 피다.

조용! 누군가 문을 두드린다. —— 그리고, 어두운 포석(鋪石) 위에서,

울리는 발걸음이 밤을 뒤흔든다.

떨리는 빛이 두 그림자와 함께 다가온다……

너냐, 여윈 롤라? 이곳엔 무얼 하러 왔느냐?

오, 파우스트여! 타락한 천사장이 불의 외투 아래,

너를 가벼운 그림자처럼 다리에 매달고,[25]

하늘로 데려간 그 번민의 밤

너는 지상을 떠날 준비가 되어 있지 않았느냐?

너는 마지막 저주의 말을 외치지 않았느냐?

성스러운 노랫소리에 몸이 떨릴 때[26]

마지막으로 신성 모독의 말을 쏟아내며

너는 너의 노쇠한 얼굴을 황폐한 벽에 부딪치지 않았느냐?

그렇다, 창백한 너의 입술 위에서는 독이 떨고 있었다.[27]

이름 없는 너의 과업을 함께한 죽음은,

너의 곁에서, 오랜 시간이 걸리는 자살이라는

한없는 소용돌이의 밑바닥까지 내려갔다.

열리기에는 너무 낡은 너의 심장은

겨울날 한결 풀린 추위에 깨지는 바위처럼 부서졌다.

너의 시간이 다가왔다, 회색 수염의 무신론자여.

과학이라는 너의 나무는 뿌리 뽑혔다.

죽음의 천사는, 악마에게 너를 팔기 위해,

앙상한 너의 팔에서 아직 한 방울의 피가 솟아나는 것을
놀라서 바라본다.[28]
오! 어느 대양 위로, 어느 어두운 동굴 위로,
어느 알로에와 싱싱한 올리브나무 숲 위로,
빙산의 꼭대기 어느 손대지 않은 눈 위로,
열다섯 아이의 순결한 외투에서
너의 삶을 되찾도록 하늘이 허락할 때
백발 위로 부는 바람만큼
순수한 미풍이 이는가, 여명에.
동풍은 그만큼 봄의 눈물로 가득 차 있는가?
열다섯! 오, 로미오! 줄리엣의 나이로구나!
그대들이 서로 사랑한 나이! 종달새의 노랫소리에,
아침 바람은 비단 사다리[29] 위에서
그대들의 긴 입맞춤과 끝없는 작별을 흔들고 있었다!
열다섯! —— 향기로운 사막의 미지근한 오아시스 아래,
생명의 나무가
몰약[30]과 암브로시아[31]의 황금빛 열매를 적시는 나이.
동양의 종려나무처럼 대기를 풍요롭게 하려면
향기로운 그 베일을 바람에 던져버리기만 하면 된다오.
열다섯! —— 순결함으로 그토록 희고,
그토록 아름다운 여인이, 탄생의 날,
신의 손에서 나오니, 불사의 아버지는
이 나이를 여인들의 영원한 나이로 만들었다.

오! 에덴의 꽃, 너는 왜 그 꽃을 시들게 했나,

태평스러운 아이, 금발의 아름다운 이브를?

모든 것을 저버리고, 모든 것을 잃는 것이 너의 운명이었다.

너는 불사의 신을 부정했고, 그럼으로써 신을 더욱 사랑했
다.

네게 하늘을 되찾아준다면, 너는 다시 그것을 잃어버리게
될 것이다.

너는 더욱이 인간이 널 숭배한다는 사실을 너무도 잘 알고
있다.

너는 다시 그와 함께 은둔하려고 할 것이다,

그의 심장 위에서 죽기 위해, 그리고, 죽음으로써 그를 위
로하기 위해!

롤라는 우수에 잠긴 눈으로

커다란 침대 안에 잠들어 있는 아름다운 마리옹을 바라보
고 있었다.

끔찍하고 악마 같은 어떤 생각에

그는 자신도 모르게 뼛속까지 전율했다.

마리옹은 비싼 값을 치렀다. —— 그녀의 밤을 사는 비용으
로

그는 마지막 남은 금화를 사용했다.

친구들은 그를 알았다. 그 자신, 이곳에 오면서,

결심을 굳히고

아무도 대낮에 자신이 살아 있는 것을 보지 못할 것이라 말

했다.

삼 년, ──아름다운 젊음의 가장 아름다운 삼 년,──

쾌락과 흥분과 도취의 삼 년이

가벼운 꿈처럼, 멀리서 들려오는 지나가는 새의 노랫소리
처럼

사라지려 하고 있었다.

죽어가는 사람이 여전히 기도를 올리는

이 슬픈 밤, ──최후의, ──죽음의 밤, ──

그의 입술이 침묵할 때, ── 죽음을 피할 수 없는 자를 위
해

모두가 그토록 신과 가까이 있고, 모두가 용서받은 이 밤,
──

그는 이 밤을 보내러 창녀의 집으로 왔다.

기독교인, 남자, 한 남자의 아들인 롤라! 그리고 이 여인,

열려 있는 그의 관 위에서 그를 기다리며 잠들어 있는

이 가엾은 존재, 풀잎 한 장, 아이 한 명.

오, 영원한 혼돈이여! 유년 시절을 매음하다니!

자신을 방어할 도구도 없는 이 침대 위에서

날이 선 낫으로 이 아름다운 육체에 상처를 입히는 것이 더
낫지 않았는가!

눈처럼 흰 이 목을 붙들고 그 뼈를 비틀다니?

꽃과 지나가는 별을 비추는

수면이 맑은 시냇물을 만들고는

지옥의 독으로 그 밑바닥을 더럽히느니
강철 장갑을 끼우고
그 얼굴에 석회로 만든 가면을 씌우는 것이
더 낫지 않았는가?

오! 그녀는 아직도 얼마나 아름다운가! 얼마나 귀한 보물인
가, 오, 자연이여!
오! 사랑은 그녀에게 어떤 첫 입맞춤을 준비해놓았는가!
이 천사와 같은 아름다움은
그 꽃이 활짝 피어난 후 얼마나 달콤한 열매를 맺을 것이며,
언젠가 이 순결한 램프 위로 얼마나 순수한 불꽃이 눈뜰 것
인가!

가난이여! 가난이여! 매춘부는 바로 너다.
그리스에서 디아나의 신전에 봉사했을
아이를 이 침대 속으로 밀어 넣은 것은 바로 너다!
보아라! ──그녀는 오늘 밤 잠들며 기도했다……
기도했다! ──대체 누구에게, 위대한 신이여! 이 생에서
그녀가 무릎 꿇고 간청하고 기도해야 하는 것은 바로 너다.
지독한 불면의 흐느낌 속에,
바람결에 속삭이며, 너는
한 아름다운 밤, 그녀의 어머니에게 와서 은밀하게 말했다.
"네 딸은 아름다운 처녀다. 팔릴 수 있다는 말이지!"

타락의 향연에 가기 위해, 그녀의 몸을 씻어준 것은 바로 너다,

무덤에 묻기 전에 주검을 씻듯이.

오늘 밤, 그녀가 도착했을 때,

어렴풋한 불빛 아래 그녀의 외투를 입고 걸음을 재촉한 것은 바로 너다!

아! 그녀에게 빵을 주면서,

그녀가 어떤 운명을 타고났는지 누가 알 수 있으리?

그녀는 수치심 모르는 듯한 얼굴은 아니다.

이 신선한 여명 아래 불순한 것은 하나도 싹트지 않았다.

가련한 소녀여! 열다섯 살, 그녀의 관능은 아직 잠들어 있다.

그녀의 이름은 마리옹이 아니라 마리였다.

아, 그녀를 타락시킨 것은 사랑과 황금이 아니라

가난이었다. ── 이 추악한 소굴의 치욕스러운 커튼 아래,

이 치욕의 침대 안에 있던 그대로

집으로 돌아가며

그녀는 이곳에서 번 돈을 제 어머니에게 준다.

그녀를 동정하지 말라, 당신들, 이 세상 여인들이여!

지독한 공포 속에서

당신들처럼 부유하지도 즐겁지도 않은 모든 사람들 덕에 즐겁게 사는 당신들!

딸의 방문에는 빗장을 지르고,
부부의 침대 밑에는 연인을 숨겨놓는
당신들, 그녀를 동정하지 말라, 집안의 어머니들이여!
당신들의 사랑은 황금빛에 활기차고 서정이 넘칩니다.
적어도, 그런 사랑에 대해서 말한다. —— 당신들은 창녀가
아니다.
당신들은 굶주림의 환영이
노래하면서, 당신들 잠자리의 이불을 들어 올리고,
그 창백한 입술로 당신들 입을 스치며,
한 조각의 빵 대신 입맞춤을 요구하는 것을
결코 본 적이 없다.

오, 나의 세기여! 오늘날 행해지는 것이
언제나 존재했다는 것이 사실인가? 오, 세차게 흐르는 대하
(大河)여!
너는 흉측한 주검들을 바다로 흘려보낸다.
그것들은 조용히 떠다닌다. —— 그리고
인류가 이렇게 살고 죽어가는 것을 본 이 노쇠한 대지는
태양 주위의 궤도를 돌면서,
더 빨리 신에게로 다가가
한탄하려 하지 않는다.
자, 이제 일어나라, 사정이 그런 이상,
일어나라, 가슴을 드러낸 아름다운 창녀여.

포도주가 흐르고 거품이 인다. 그리고 밤의 미풍은
유쾌한 너의 거울에 비친 흰 커튼을 흔든다.
아름다운 밤이구나, ──그녀를 산 것은 나다.
최후의 만찬을 들던 예수도
즐거움으로 가득 찬 내 심장이 느끼는 공포를 느끼지는 않
았다.
가자! 도취와 함께하는 사랑 만세!
뜨거운 너의 입맞춤에서는 스페인 포도주 향내가 나기를!
혼미하고 떠들썩한 식사의 영이
우리를 그의 품에 안고 기쁨의 천사에게 인도하기를!
가자! 주신(酒神)과 사랑과 광기를 노래하자!
흐르는 시간과 죽음과 삶에 건배!
잊자, 마시자. ──자유 만세!
황금과 밤과 포도나무와 아름다움을 노래하자!

IV

볼테르, 너는 만족스럽게 잠들어 있느냐, 이제 해골만 남은
너의 뼈 위에는 아직도 흉측한 미소가 감돌고 있느냐?
네 시대의 사람들은 네 책을 읽기에는 너무 어렸다고들 한
다.
우리 시대의 사람들은 틀림없이 네 마음에 들 것이다. 이제
너의 사람들이 태어났다.

네가 커다란 손으로 밤낮 없이 밑을 파서 흔들어놓은

이 거대한 건물이 우리 위로 쓰러졌다.

네가 죽음의 환심을 사려 애쓴 팔십 년 동안[32]

죽음은 초조하게 너를 기다렸으리라.

너희는 서로를 지독히 사랑하겠지.

무덤의 구더기들 틈에서 입 맞추던 신방을 떠나

때로 너는 창백한 얼굴로

텅 빈 수도원이나 낡은 성을 홀로 산책하지 않느냐?

그때 너의 숨결이 영원히 텅 비게 한

생명 없는 이 거대한 물체들,

이 침묵의 벽, 이 황폐한 제단이 네게 무슨 이야기를 하더냐?

너의 숨결이 영원히 텅 비게 한 것은 무엇이더냐?

십자가가 무슨 이야기를 하더냐? 메시아가 무슨 이야기를 하더냐?

아! 너의 망령이 한밤중, 그를 못에서 풀어주러,

그를 자유롭게 해주러 되돌아왔을 때,

시든 꽃처럼, 나무 위에서 떨고 있는 그는 아직 피 흘리고 있더냐?

너의 임무는 훌륭히 완수되었다고 생각하느냐?[33]

천지를 창조할 때의 신처럼

너의 과업이 만족스럽다고, 훌륭하다고 생각하느냐?

내가 주인이 아닌 향연에 나는 너를 초대하니.

너는 일어서기만 하면 되리라. ── 오늘 밤 누군가 식사를 하고

한 기사가 그의 집 문을 두드리고, 다가와 앉을 수도 있다.[34]

입 맞추는 이 아이들의 숨소리가 들리느냐?

벌거벗은 팔로 서로를 품에 안고

두 사람이 살아 있는 하나의 육체를 이루었노라 할 수 있을 것이다.

격한 흐느낌, 밀착된 가슴에서 새어 나오는 신음 소리에

황홀해진 그들의 입술이 떨리며 열린다.

그들의 이마에 입 맞추며 쾌락은 황홀해진다.

그들은 젊고, 아름답고, 그들이 내는 소리만 듣고도

하늘은 황금 천막처럼 내려올 것이다.

보아라! ── 그들은 사랑하지 않는다, 그들은 한 번도 사랑한 적이 없다.

그들은 어디서 배웠나? 오직 쾌락만이, 눈물 속에서

퍼뜨리고, 머뭇거리며 말할 권리를 지닌

매혹으로 가득 찬 이 언어를.

오, 여인이여! 기쁨과 고통의 기이한 대상이여!

희생의 제의에서 신성 모독과 기도를 번갈아 듣게 되는

신비의 제단이여!

말해다오, 이름 없는, 하지만 영원한 이 언어,
섬망일 뿐인, 수천 년 전부터[35]
지금껏 연인들의 입술에 매달려 있는 이 언어는
어떤 메아리 속에, 어떤 대기 속에 살아 있는지를?
아, 신성 모독이여! 조금의 사랑도 없이, 두 천사여!
천군(天軍)이 그 아름다움을 보고 그들의 아버지에게로 가져갈
황금처럼 순수한 두 마음이여!
사랑도 없이! 눈물 속에! 밤은 속삭이고,
바람은 살랑거리고, 기쁨에 창백해진
자연은 온통 쾌락을 마신다!
고급 향수와 바닥에 뒹구는 술잔들,
수없는 입맞춤, 그리고 아마도, 오, 가난이여!
한 불행한 자가 그날을 저주하리라……
사랑도 없이! 도처에 사랑의 환영뿐이다!

고요한 수도원, 사원의 둥근 천장이여!
어두운 지하 묘소여, 사랑할 줄 아는 것은 바로 너희다!
불타는 입술은 너희의 차가운 신자석(信者席)과 포석과 돌에
입 맞출 적마다 황홀하여 넋을 잃는다.
아! 잠들거나 죽기에 적당한 곳일 따름인 침대 위에서
기쁨을 찾는 저 두 아이에게 다가와

너희의 심부를 열어 보여라.

그들의 심장을 너희의 신성한 벽에 부딪쳐라.

피 묻은 고행자의 속옷에 박혀 있는 못이 그곳에 박히게 하라.

그들의 얼굴을 성수에 담그고,

사람들이 너희처럼 사랑한다고 추측하기 전에

무덤의 돌 위에 무릎을 꿇어야 한다고

그들에게 말하라!

그렇다, 성배(聖杯) 깊숙이에서

너희의 충만한 마음으로 마시는 것은 커다란 사랑이다, 신비한 수도자들이여!

감미로운 잠에 눈이 감길 때

구세주의 얼굴은 너희가 입은 고행자의 의복 위를 떠돌고 있었다.

오르간이 여명의 햇살에 노래 부를 때

너희는 여전히

황금빛으로 물든 스테인드글라스에서 그 얼굴을 찾고 있었다.

너희는 열렬히 사랑했다! 오! 너희는 행복했다!

보고 있느냐, 아루에 노인이여?[36)]

이토록 아름다운 젖가슴을 열렬한 입맞춤으로 뒤덮는,

삶으로 충만한 이 사람은, 내일이면 좁은 무덤 안에 누워 있게 되리라.

그에게 선망의 눈길을 보낼 것인가?

조용히, 그는 너의 책을 읽었다. 어떤 것도 그에게

위안이나 희망의 빛을 비추지 않는다.

신을 믿지 않는 것이 과학이 된다면,

사람들은 자크에 대해 이야기할 것인데, 과학을 모독하지 않고,

오늘 밤, 너는 네 무덤 속으로 그를 데려갈 수 있으리라.

하지만, 만일 일말의 믿음이,

만일 가장 가벼운 실이 아직도 그를 붙잡는다면,

자신의 죽음을 매음하기 위해 그가 이 침대로 올 것이라 생각하느냐?

그의 죽음을. ──아! 죽음이란 어떤 두려운 장소로의,

가장 끔찍한 장소로의 이행에 불과하다는 가장 납득하기 어려운 생각을 하도록

그를 내버려두어라, 무슨 상관인가? 그는 죽음을 두려워하지 않을 것이다.

그는 젊은 약혼녀를 일으킬 것이고,

하늘로 들어 올려진 그녀가

살아 있는 신께 그의 심장의 황금 열쇠를 가져가는 것을 바라보리라!

여기 너의 작품이 있다, 아루에여, 네가 원한 그대로의

인간이 있다. ──그는 이 세기를 살고 있고,

이렇게 죽을 수 있는 것은 단지 지난 세기에나 가능했던 일
이다.

로마의 폐허 위에서 브루투스가 "덕이여, 너는 이름에 지나
지 않는다"고 외쳤을 때,[37]

그는 신성 모독을 범하지 않았다.

그는 모든 것을 잃었다, 영광과 조국과,

소중하고 아름다운 꿈과, 귀한 자유와

포르티아[38]와 카시우스[39]와 자신의 피와, 군대를.

그는 더 이상 지상의 것들을 믿지 않았다.

죽음을 생각하며, 홀로 돌 위에 앉아 있는 자신을 발견했을
때,

그는 하늘을 바라보았다.[40]

이 거대한 공간에서 그가 잃어버린 것은 아무것도 없었다.

심장은 희망으로 가득 찬 공기를 호흡하고 있었고,

아직도 그에게는 검과 신(神)이 남아 있었다.

우리, 예수를 못 박은 우리에게는 무엇이 남아 있나?

그의 제단에서 예수를 해부할 때,

너희는 누구를 위해 일했던가, 어리석은 파괴자들이여?

피 흘리는 비둘기를 바람에 던져

영원한 심연 속으로 선회하며 떨어지게 할 때

너희는 신의 무덤에 무엇을 씨 뿌리려 했는가?

너희는 너희 생각대로 인간을 만들어내려 했다.

너희는 세상을 만들고자 했다. —— 아, 너희는 그렇게 했다.

너희의 세상은 훌륭하고, 너희의 인간은 완벽하다!

산은 평탄하고, 평야의 잡목은 베어져 잘 정돈되었다.

너희는 생명의 나무를 조심스레 다듬었다.

너희의 철도 위 모든 것은 잘 청소되어 있다.

모든 것은 위대하고, 모든 것은 아름답지만, 사람들은 너희의 대기 속에서 죽어간다.

너희는 그곳에 숭고한 말이 울리도록 했다.

그 말은 멀리 악취를 풍기는 바람 속에서 떠돈다.

그 말은 무시무시한 우상을 동요케 했다.

하늘의 새들은 놀랐다.

위선은 죽었다. 사람들은 이제 사제를 믿지 않는다.

덕은 사라지고, 사람들은 이제 신을 믿지 않는다.

귀족은 이제 선조들의 피를 자랑스러워하지 않는다.

사창가 구석에서 선조들의 피를 매음한다.

사상과 연극의 장면은 이제 검열당하지 않는다.

인간의 지성은 세찬 바람 속에 놓였다.

사람들은 황소의 싸움을 원할 것이다.

가난하고 자존심이 강할 때, 부유하고 슬플 때에는,

더 이상 트라피스트[41] 수도사가 될 만큼 어리석지 않다.

그 대신 에스쿠스처럼 행동한다, 버너에 불을 붙인다.[42]

V

지붕 위로 떠오르는 태양을 보았을 때,
롤라는 창가로 가 몸을 기댔다.
육중한 짐수레들이 달리기 시작했다.
그는 창백한 얼굴을 숙이고 말없이 있었다.
구름은 피를 철철 흘리며 길게 갈라져 있었다.
예수가 울부짖었을 때,[43] 하늘의 손길이 다가와
주름 사이에 피 묻은 휘장을 갈기갈기 찢었을 때처럼.

한 무리의 버림받은 방랑 가수들이
광장에서 옛 로망스를 속삭였다.
아! 열두 살 적 불렀던 옛 노래가
가슴을 찌르는 고통의 시간들!
이 노래는 모든 것을 없애버린다! 우리는 이 노래에서 얼마
나 멀리 떨어져 있는지!
이것이 그토록 오래되었음을 깨닫고 우리는 고개를 숙인
다!
이것이 너의 탄식이냐, 파괴의 검은 영이여?
기억의 천사여, 이것이 너의 흐느낌인가?
아! 생기 있고 경쾌한 새와도 같이 이 노래는
어린 사랑의 황금빛 궁전에서 얼마나 가벼이 날아다녔는
가!

오
월
의
밤

이 노래는 지난 과거의 꽃을 다시 피우게 하고,
우리를 묻어버린다, 우리를 흔들어 재웠던 이 노래는!

롤라는 마리를 보려고 몸을 돌렸다.
그녀는 지쳐 보였고, 다시 잠들어 있었다.
이렇게 해서 둘 모두 운명의 잔혹함을 피했다,
아이는 잠 속에서, 남자는 죽음 속에서!

아름다운 가을날 태양이 뜰 때,
그 발걸음 아래 구름은 불붙는 듯 보인다.
떨고 있는 밤의 은빛 어깨는
태양의 첫 입맞춤에 붉게 물든다.
여름밤 피가 심장으로 쏠릴 때,
순결한 숫처녀의 육체도 이렇게 떨린다.
이처럼 그 육체를 날개로 스치는 가장 작은 욕망도
신성한 수줍음에 진홍빛 장막을 드리운다.
세상의 제왕, 오, 태양이여! 대지는 너의 연인이다.
　네 곁에서 너의 누이는 벌거벗은 품속에서 수줍음을 잠재
운다.
　대지에 영원한 아름다움을 쏟아 붓기 위해
　너는 영원한 젊음을 원했을 뿐이다!

저기 날고 있는 경쾌한 종달새들아,

내게 말해다오, 내게 말해다오, 내가 왜 죽어야 하는지?

아! 자살은 너무도 끔찍하다! 오! 내게 만일 날개가 있다면,

이토록 맑은 아름다운 하늘에 날개를 펼치련만!

내게 말해다오, 대지와 하늘이여, 여명이란 대체 무엇이란 말인가?

이 오래된 우주에 하루를 더 보탠다는 것이 무엇이 중요하단 말인가?

내게 말해다오, 초록빛 풀들이여, 내게 말해다오, 검푸른 바다여,

지평선이 아침의 태양으로 물들 때,

너희가 아무것도 느끼지 않는다면, 대체 너희 내부에 있는

무엇이 가슴 뛰게 하고, 무릎 꿇게 하는 것이더냐?

오, 대지여! 대체 누가 너를 태양과 맺어주었느냐?

너의 새들은 무엇을 노래하느냐? 너의 이슬은 무엇을 슬퍼하느냐?

너희는 왜 사랑으로 나를 붙잡느냐?

너희 모두는 내게 무엇을 원하느냐, 죽어갈 나에게?

대체 왜 사랑하느냐? 이 끔찍한 단어는 왜 계속

롤라의 머리에 떠올랐을까?

죽음이 다가올 때, 어떤 기이한 노래가,

어떤 보이지 않는 목소리가 그 말을 속삭이느냐?

광적인 탕아,
술집에서 하루하루를 보내는 그에게,
삶을 경멸하는 것만큼이나 쉽게
자랑 삼아 사랑을 경멸하기를 일삼았던 그에게!
사랑이라는 단어를 치욕으로 생각하고,
노병이 전쟁의 상처를 보이듯,
가장 가냘픈 꽃 한 송이 싹트지 않은
바위 같은 마음을 자랑스레 내보이던 그에게!
집도 연인도 없이,
자신의 운명에 도전하며, 한뎃잠을 자는 그에게,
죽은 나무 밑동의 마른 나뭇잎처럼,
자신의 젊음이 바람에 흔들리도록 방치하고 있는 그에게!

이제 그 남자는 잔을 비웠다.
신을 모독할 수 있는 죽음의 침대를 찾아,
그는 자신의 마지막 순간, 매음굴에 왔다.
모든 것이 끝났을 때, 영원한 밤이
생의 마지막 불꽃을 기다리고 있을 때,
대체 누가 감히 죽어가는 자에게 사랑을 이야기하는가?
어린 독수리가, 어미가 떠나는 것을 보고,
눈으로 어미를 좇으며 둥지 가장자리로 나올 때,
대체 누가 그는 대지를 떠나,
자기 앞에 펼쳐진 하늘로 뛰어오를 수 있다고 말하는가?

대체 누가 작은 소리로 말하고, 그를 격려하고, 그를 부르는가?

그는 발톱을 세워본 적도 날개를 펼쳐본 적도 없다.

그는 자신이 새끼 수리임을 알고 있다. —— 바람이 지나고, 그는 바람을 따른다.

해로운 알들로 커다랗게 부푼 배를 하고서,

어미들이 태어난 진흙탕 속에서 죽어가는

자칼과 개와 뱀이 태어나듯이

태양 아래 타락한 영혼들이 태어난다.

무덤 주위의 대지를 윤택하게 하고,

소중한 혈통을 찾고, 까마귀에게 먹이를 제공하기 위해

자연은 더러운 혈통을 필요로 한다.

하지만, 자연이 고귀한 창조물들을 만들 때,

이 세상을 보듯 저 세상도 보는 자연은

온 세상이 고귀한 창조물들을 더럽히지 않는 데 충분할 만큼

그들을 순수하게 만드는 비밀을 안다.

그 주형은 청동으로 되어 있다, 만일 그 종(種)이 희귀하다면.

자연은 그들을 가장 검은 늪 속에 빠뜨릴 수 있다.

자연은 카라라산(産) 대리석[44]의 가치를 알고,

하늘에서 내리는 비는 결코 그것을 손상시키지 않는다.

그는 가장 순수한 화강암의 태내로부터
한 어머니의 끌로 잘라진
흔한 탕아들과 동류로 간주될 수 있다.
그는 삼 년 동안 자신의 생각을 억누를 수 있다.
그의 가슴의 밤 동안 차가운 뱀은
언젠가는 끝없는 자신의 똬리를 푼다.

생도밍그[45]의 흑인들이여, 얼마나 많은 세월 동안
완강히 침묵을 지키고, 어리석은 행동을 한 뒤에야,
쇠사슬에 묶인 수없이 많은 당신의 백성들이, 태양 아래,
증오와 자유의 숨결에
마침내 대지에서 뿌리 뽑혔는가?[46]
오늘날 너의 사고는 이렇게 해서 깨어났다.
오, 롤라여! 이렇게 해서 네 칼날이 튀어 오르고,
네 눈앞에서 미치광이 같은 횃불이
미지를 향해 뛰어가고, 사막을 가로질렀다.
이제 네 삶의 파편들을 으깨어버려라.
깨진 술잔을 밟아 벌거벗은 네 발에 상처 입혀라.
네 마지막 향연의 마지막 축배에서
지친 네 팔로 무(無)의 숨을 끊어라.
무! 무! 너는 타오르는 축에서 태양을 훼손하는
무의 거대한 그림자를 보는가?
어둠이 승리한다! 태양은 빛을 잃는다. ―― 영원이 시작된다.

사랑한 적 없는 너는, 결코 사랑하지 않을 것이다.

창백한 얼굴로 떨고 있는 롤라는 다시 창을 닫았다.

그는 가련한 달리아를 줄기에서 꺾었다.

꽃이 롤라에게 말한다. "나는 사랑하고 있어요, 나는 나를 일으켜 세울

서풍의 입맞춤에 불타 죽습니다.

몸치장을 마친 나는

내 싱그러움을 더럽힌 불순한 요소들을 내게서 멀리 던져 버렸습니다.

금빛 드레스를 입고 있는 내 이마에 그는 입 맞추었습니다.

당신은 나를 꽃 피게 하고, 내 가슴을 산산조각 낼 수 있습니다."

나는 사랑하고 있어요! ── 꽃을 실어 가는 바람에게, 꽃을 뒤따르는 새들에게

자연이 온통 이 말을 외친다!

대지가 영원한 밤으로 떨어질 때 내뿜

침울한 마지막 탄식이다!

오! 아침의 별들아, 너희는 신성한 하늘에서

슬프고 매혹적인 이 단어를 낮게 속삭일 것이다!

신이 너희를 창조했을 때, 너희 중 가장 연약한 자가,

불멸의 연인, 태양을 찾아

창공을 건너려고 했다.

별은 깊은 밤의 품속으로 뛰어들었다.

하지만 다른 별이 그 별, 그 별을 사랑하고 있었다. ──그리고 세상은

창공의 주위로 여행을 떠났다.

자크는 움직이지 않고 마리를 보고 있었다.

나는 잠들어 있는 이 여인의 얼굴에서

이상한 것, 위대한 것, 예전에 어느 곳에서 본 듯한 낯익음을 느끼지 못한다.

그는 미지의 전율로 몸을 떨었다.

이 창녀, 그녀는 그의 누이가 아니었던가?

어둡고 황폐한 이 방의 벽도

그녀를 매장하려고 만든 것이 아니었던가?

그는 자신이 받을 고통으로 괴로워하는 그녀를,

그가 죽어가면서 받을 고통으로 피 흘리는 그녀를 느끼지 못했는가?

"그렇다, 이 연약하고 부드러운 피조물 속에

체념이 힘없이 걷고 있다.

고통은 내 누이다. ──그렇다, 내 무덤에서

내가 발견했음에 틀림없는 조각상이 바로 그녀다.

내가 그곳에 내려갔을 때 부드러운 잠 속에 빠져, 누워 있는 조각상이.

오! 깨어나지 마라! 너의 삶은 땅에 있다,

너의 잠은 순수하다, ──너의 잠은 신의 것이다!

너의 긴 눈꺼풀 위에 입 맞추게 해다오.

가련한 아이여, 나는 바로 너의 잠에게 마지막 작별의 인사

를 한다.

순수의 드레스를 팔아버리지 않은 너의 잠.

내가 사랑할 수 있는 너의 잠, 돈을 주고 산 것이 아닌.

아직도 네 유년 시절의 나날들을 믿고,

꿈꾸는 너의 잠! ──잠은 너의 아름다움만을 지닌다.

오, 신이시여! 이 가벼운 커튼 아래서 부드럽게 흔들리는

것은

천사처럼 순결한 형상이 아닙니까?

만일 사랑, 이 지나가는 백조가,

우수 어린 그의 노래를 금빛으로 물들이기 위해서는

현실의 멋진 외형만이,

단지 아름다움의 주변을 이리저리 날아다니는 것만이 필요

하다는 게 사실이라면,

만일 이 세상에서 사람들은 끊임없이 사랑을 저버리고,

그 사실을 아는 사랑은, 치유될까 두려워,

연인에게서 고통 받기 위해 필요한 환상만을 취하는 것이

사실이라면,

다른 곳에서 무엇을 찾아야 합니까? 젊음과 삶은

아주 풋풋한 채 거기 있지 않습니까?
사랑이여! 다가오라. 너에게 마리가 뭐 중요한가?
만일 네가 향기에 불과하다면, 줄기에 꽃이 피어 있는 동안
너의 슬픈 꽃에서 나오라!"

천천히, 부드럽게, 마리의 옆에,
그녀의 푸른 눈 위에 눈을 대고, 싱그러운 그들의 입김은 하
나로 모아진 채,
롤라는 누워 있었다. 반수면의 그의 눈길은
자신도 모르게 흔들리고, 위를 향하고, 감겼다.
마리는 한숨을 쉬며 눈꺼풀을 반쯤 열었다.
그녀가 그에게 말한다. "이상한 꿈을 꾸었어요,
이 침대 안에 있었는데, 깨어 있다고 생각했어요.
방이 초록색 풀이 덮인 무덤과 오래된 해골로 가득 찬
커다란 묘지처럼 보였어요.
세 사람이 눈 속에서 관 하나를 가지고 왔어요.
그들은 관을 내려놓고 기도했어요.
그러자 관이 열렸고, 관 속에 당신이 있었어요.
당신 얼굴에는 검은 피가 철철 흐르고 있었어요.
당신은 일어나서 제 침대로 다가왔어요.
당신은 제 손을 잡고 말했어요.
'여기서 뭘 하고 있는 거지? 당신이 왜 내 자리를 차지하고
있소?

그래서 바라보니, 저는 무덤 위에 있었어요.

──사실이오? 자크가 대답했다. 자, 소중한 친구여,

당신의 꿈이 아름답지 않을지는 몰라도, 적어도 진실된 것이라오.

내일이 오면 당신은 비슷한 꿈을 꾸기 위해

잠들 필요가 없을 것이오. 오늘 밤 나는 목숨을 끊을 테니까."

마리는 미소 지으며 거울을 바라보았다.

하지만 그녀는 자신의 뒤에 선 채 거울에 비친 롤라의 얼굴이 너무 창백한 것을 보고,

말을 잊은 채 그보다 더 창백해졌다.

그녀가 떨면서 말한다. "아, 당신 오늘 무슨 일 있나요?

──무슨 일이냐고? 아름다운 이여, 당신은

어제 저녁부터 내가 무일푼이라는 것을 모른단 말이오?

내가 당신을 만나러 온 것은 마지막 인사의 말을 하기 위함이오.

모든 사람이 그걸 알고 있소, 나는 목숨을 끊어야 한다오.

──도박을 했나요? ──아니오, 나는 파산했다오.

──파산?" 마리가 말한다. 그리고, 조각상처럼,

놀라움으로 가득 찬 커다란 눈을 땅에 고정시키고 있었다.

"파산? 파산이라고요? 당신은 어머니가 없나요?

친구도? 친척도? 세상에 아무도 없나요?

당신은 스스로 목숨을 끊으려 하나요? 왜 스스로 목숨을 끊는다는 거죠?"

그녀는 침대의 가장자리에서 돌아누웠다.

그녀의 부드러운 눈길이 그렇게 부드러웠던 적은 한 번도 없었다.

두세 가지의 질문이 그녀의 입가를 맴돌았다.

하지만, 감히 내뱉지 못하고, 그녀는 다가와

그의 얼굴에 자신의 얼굴을 포개고 입을 맞췄다.

그녀가 작은 소리로 말했다. "당신에게 바라는 게 하나 있어요,

저, 저는 돈이 없답니다.

그리고, 돈이 생기면 어머니가 제게서 빼앗아 가버린답니다.

하지만 저는 금목걸이를 갖고 있어요, 제가 그걸 팔기를 원하나요?

당신은 금목걸이 값을 받아, 도박을 하러 갈 수 있을 거예요."

롤라는 가벼운 미소로 그녀에게 대답했다.

그는 검은 잔을 들어 아무 말 없이 비웠다.

그리고, 그녀에게 몸을 숙이고 목걸이에 입을 맞췄다.

그녀가 무겁게 그녀를 누르는 그의 머리를 들어 올렸을 때

그는 이미 살아 있는 사람이 아니었다.

이 순결한 입맞춤 속에서 그의 영혼은 떠나갔다.
그리고, 한순간, 그들 두 사람은 사랑했다.

행운

I

행운은 팔절판의 책에
꼭 들어맞는 이야기, 이는 잘 알려진 사실이다.
그러니 이렇게, 나는 주저 없이 그 이야기를 들려주려 한다.
스캔들이 유행이라, 송아지 가죽으로 장정될 정도다.
그것은 달의 여신에게도 해당되는, 자연스러운 취향.
엔디미온 이래로 그 가치는 잘 알려져 있다.[47]

II

우리는 지금 우리가 하는 것, 그것을 이야기한다. 그 이유
는
족히 있을 수 있는 것. 우리는 정말 하찮은 일을 할 뿐이기
때문이다!

하지만, 그가 한 정말 하찮은 일이, 정식으로 글로 기록된 것을 보고

각자 자신의 뜻대로 그를 생각한다.

오늘날 산문을 쓸 때 각자는 안다.

사실대로 말해, 이 세기는 교양 있는 지식인이라는 사실을.

III

고대의 절제는 세상을 지루하게 만들었다는 사실을

인정해야 하는데, 우리는 더 이상 그것을 중시하지 않았다.

신 덕분에 그것은 마침내 뉴욕을 향해 떠났다.

그것은 생명의 나무의 오래된 가지였다.

더구나, 그토록 많은 불쌍한 사람들이 거기에 매달렸기에,

그 팔이 부러졌다는 것은 놀라운 일이 아니다.

IV

반대로 스캔들에는 감탄할 만한 것이 있는데,

헤롯만큼 오래되었음에도, 그것은 언제나 새롭다.

아주 오래전부터[48] 사람들은 그것에 대해 경탄해왔다.

동트는 새벽빛이 더 젊고 더 아름답게 만드는,

저녁이면 비너스가 요람 속에서 잠들게 하는,

언제나 신선하고, 언제나 쾌활한, 전설 속의 진정한 티토노

스[49]다.

V

독자여, 그러므로 내가 독일에서 온 사실을 기억하시오.
독자들은, 여름에, 이곳이 얼마나 지루한지 알 것이다.
게다가, 몇 가지 근심거리가 있었던 나는,
바덴에서 겉모습뿐인 전원 생활을 하며 기분을 풀었다.
(바덴은 산 위에 만들어진 영국식 공원으로,
몽모랑시[50]와 약간 비슷하다.)

VI

칠월경, 강 대로(大路)[51]에 드나들고,
그 거리에 대해 존경심을 갖고 있는 사람은 누구나
진정 올바른 목소리는 반드시,
그 작은 마을로 몰려들고,
그곳에서 냉혹하게 서로를 밀어젖히는
모든 피조물에게 지시한다는 사실을 안다.

VII

파리의 숙녀들은 신문을 통해

바덴의 공기가 좋고 건강에 매우 이롭다는 사실을 안다.
옷치장을 하러 에르보[52]에 가듯,
사람들은 그곳에서 건강을 유지한다. 그것은
얼굴을 위해 장미를, 가슴을 위해 눈〔雪〕을 사는 일종의 장
보기.
이것을 금지하는 의사는 아무도 없다.

VIII

물론, 또 한편, 여행의 목적은
온천욕을 하는 것이다. 그것은 이미 끝난 이야기다.
그곳에 갔을 때 물을 본 적은 없지만,
내가 저당 잡히지 않았으니, 모두들 볼 수 있을 것이다.
나는 존경의 표시로 주변의 물은, 맛보면,
약간 짠맛이 난다고 믿기까지 한다.

IX

겨울 내내 춤을 춘 사람들은 지쳐서,
바이올린 그림자조차 보지 않으려
바덴으로 달려온다.
하지만 밤이 되면, 사람들이 무엇을 하고 싶어하는가?
낡은 성에도, 테라스에도 아무도 보이지 않는다.

사람들은 '대화의 집' [53]으로 들어간다.

X

그 집은 커다란 석재로 튼튼하게 지은,

화석화된 거대한 덩어리.

그리스 신전처럼 온통 기와로 덮인 그것은,

회랑 딸린 일종의 곳간으로,

파르테논 신전의 사생아인 건초 창고처럼,

그같이 고유한 형태도, 이름도 갖지 않은 것을 나는 알지 못

한다.

XI

바알세불[54] 언제쯤 그것을 만들었는지는 모른다.

아마도 그것은 광물이 지배하는 매머드이리라.

나는 오히려 그것을 카니발의 계절, 어느 비 오는 날 떨어지

는,

어떤 운석으로 간주하련다.

어쨌든 적어도 동물의 가슴은

그것을 차지하고 있는 영혼을 위해 아주 적절하게 만들어

졌다.

XII

그 영혼, 그것은 도박이다. 모자를 벗고,
그곳에 온 자들아, 희망을 던져버려라.
거대한 홀, 기둥 뒤로,
녹색 양탄자가 깔려 있고, 그 위에서는
지체 높은 사람들의 누더기가 된 자줏빛 옷이 번쩍이는 황
금을 위해 밤과 다투고
그 끝에서는 크고 창백한 샹들리에가 흔들린다.

XIII

그곳에서는, 저녁부터 아침까지, 위대한 '아마도' 가 통용된
다.
이 권태의 세기의 검은 횃불인 우연은,
오늘날까지도 유일하게 하늘을 떠돈다.
두 발자국 앞에서는 무도회가 열린다. 창문을 통해,
우리는 꿀벌이 뒤쫓는 음탕한 새끼 염소처럼
우연이 여기저기서 뛰어올랐다가 사라지는 모습을 본다.

XIV

콧소리를 내는 딜러들은 일정한 간격으로 떨리는 목소리로

말한다.

악기 소리에, 그들의 단어는 신비하다.

모든 것이 기쁨이고 노래다. 룰렛이 시작된다.

그들은 룰렛을 움직이고, 춤추게 한다.

반짝이는 금을 쾌활하게 쓸어 모으며,

그들은 이렇게 즐거운 리듬에 맞춰 자신만의 정원을 가꾼
다.

XV

물 마시는 곳은 개방되어 있고, 목마른 사람은 물을 마시러
온다.

나는 슈바르츠발트[55]의 아들인 농부들이,

손에 지팡이를 들고, 성으로 들어오는 모습을 보았다.

어느 정직한 침대에서 절망적으로 도망쳐 나온 그들이

밤새 들판을 가로질러 뛰어와

상아로 만든 당구공 위로 몸을 숙이고 있는 모습을 보았다.

XVI

나는 그들이 연기에 그을린 램프 아래 서서,

붉은 저고리와 진흙투성이 신발 차림으로,

못 박인 손가락 사이로 커다란 모자를 돌리면서,

딜러의 갈퀴 아래 일 년간의 땀을 놓는 것을 보았다!

운명 앞에서 공포로 말을 잊은 채, 그곳에서,

그들은 앞에서 이리저리 움직이는 자신들의 빵을 눈으로

좇았다!

XVII

그들이 잃었다고 말할까? 아! 그런 건 아니었다.

빈털터리가 되는 데 긴 시간이 걸리지는 않았다.

그때 그들은 모든 낯선 것들을 바라보았다.

금, 쾌락, 아름다운 여행자들을,

길에는 발도 들여놓지 않고 가버리는,

온천욕의 계절에 매우 만족해하는 모든 사람을.

XVIII

빛에 심취한 그들은 분주히 다녔고, 술에 취해 있었고,

밤은 그들 눈 위에 검은색 눈가리개를 내려놓았다.

텅 빈 그 손, 땅을 경작하는 그 손,

마을로 되돌아가며,

난롯가에는 조모가, 요람에는 아이들이 있는,

초가집의 벽을 더듬어 찾기 위해서

그 손을 펼쳐야 했다!

XIX

아, 너, 불멸의 아비, 너의 아들은 인간으로 태어났다,
언젠가 너의 날이 오면, 정의로운 신이시여, 복수의 신이시
여!……
나는 언제나 내가 귀족임을 잊고 지낸다.
본론으로 되돌아가자. 모든 길은 로마로 통한다.
그 가련한 농부들 (용서하라, 독자들이여),
그 가련한 농부들을, 나는 마음에 새긴다.

XX

그래서 나는 바덴에 있다. 아마도 너희는,
도박으로 이야기가 시작되니,
도박에서 꽤 잃었다는 사실이 내 가장 큰 관심사라 생각할
것이다.
너희 생각이 틀리지는 않으니, 고백하려 한다.
군대가 패하는 데는,
길을 가리켜주는 한 명의 겁쟁이로 족하듯,

XXI

내 지갑에는·남은 패를 돌릴

일 에퀴[56)]가 필요할 뿐, 나머지는 잃었다.

내가 가진 모든 것은 파뉘르주[57)]의 양떼와 비슷하다. 시작
되는 첫 번째 양,

빈털터리가 된 파뉘르주와 털 깎인 양떼가 있다.

아, 사람들은 의식하지 못한 채 첫걸음을 내딛는다.

XXII

내 주머니는 가파르고 기슭이 없는 섬과 같고,

사람들은 밖에 있을 때 그곳으로 되돌아가는 방법을 모른
다.

실이 조금만 끊어져도 실타래의 실 뭉치는 풀린다.

치명적이기에 그만큼 더 위험한 충동,

나는 언제나 무에 대한 극도의 공포심을 갖고 있었고,

전투 후에 나는 온갖 죽음을 꿈꾼다.

XXIII

어느 날 저녁, 정직한 전투에서 방금 패하고,

심한 두통밖에 남은 게 없었던 나는,

벤치에 누워 하늘을 바라보고 있었다.

마음속으로는 오시안[58)]의 영웅들을 생각하고 있었다.

갑자기 나는 정복할 생각을 했다.

소설의 글귀가 내 안에서 요동쳤다.

XXIV

하지만 어느 여인이 이곳을 우연히 지나기 위해서는,
신의 허락이 있어야만 할 것이라고
혼잣말을 했다.
숲에는 아무도 없고, 열기는 극심하다.
바람은 사랑의 것이고, 지평선은 불타고 있다.
오늘 밤 여인들은 모두 사랑받기를 간절히 원하리라.

XXV

플랑드르파[59] 화가들 그림 속의 어느 활기찬 미녀가,
테니르스[60]에게서 빠져나간 통통한 소녀가,
아니면 독일의 순진무구함을 지닌 어느 생각에 잠긴 천사
가,
전설의 책에 나오는 순금으로 만든 동정녀가
벨벳의 물결 속에서 작은 발을 끌며
이 큰 마로니에나무 아래로 우연히 지나가게 된다면,

XXVI

그녀는 이곳으로 올 것이다. 이 어두운 오솔길로,
토라진 얼굴을 하고 암사슴의 걸음걸이로,
나뭇잎 속에서 바람이,
애정이 담긴 나태함과 희미한 우수에 대해 속삭이는 것을
들으며,
들뜬 손 안에서 꽃 한 송이를 만지작거리며,
얼굴에는 봄, 가슴에는 하늘을 품은 채.

XXVII

그녀는 저기, 정자 아래서 멈출 것이다.
나는 그녀에게 아무 말도 건네지 않을 것이고, 단지
그녀에게로 다가가 그녀 앞에서 땅에 두 무릎을 꿇을 것이
다.
그녀의 두 눈에서 창공을 보면서,
단지 호의를 베풀어
영원한 사랑을 받아줄 것만을 기원하면서.

XXVIII

이러한 몽상에 완전히 파묻혀,

생각이 그쯤 이르렀을 때,
아이를 안고 있는 하녀 한 명이 지나갔다.
나는 가련한 아이의 커다란 두 눈에 우수가 어린 것을
얼핏 보았다고 생각한다.
그 나이에는 언제나 미친 듯이 사랑했고,

XXIX

아이가 고통 당하는 것을 참을 수 없었던
나는 다가가,
어떤 동기를 가진 노여움이나 가혹함이
천사에게서 쾌활함을 앗아갔는지 알아보았다.
"앞서 무슨 일을 했건 나는 천사가 용서받기 원해,
그녀에게 말한다, 천사가 원하는 것, 나는 천사에게 그것이
주어지길 원해."

XXX

(이것이 아이들을 망치는 내 의견이다.)
이 말에 소녀는 미소로 나를 맞으며,
내게 대답하기를 잠시 망설인다.
그러고는 손을 내밀고 마침내 이렇게 말했다.

"걸인에게 줄 것이 아무것도 없기를."
이 말을 하는 어조, 나는 그것을 옮겨 쓸 수가 없다.

XXXI

하지만 당신들은 알고 있다, 독자여, 내가 파산했고,
아직 지갑에는 이 에퀴가 있었다는 사실을.
사실 그것은 내 유일한 재산이었고,
샘에 남아 있는 유일한 물방울이었다.
다음 저녁 식사를 위한 유일한 포도주잔이었다.
나는 재빨리 그것을 꺼내 아이에게 주었다.

XXXII

소녀는 사양하지 않고 그것을 받아, 그렇게 가버렸다.
며칠 후, 침대에 누워 있을 때,
지나가던 행운이 내 문을 두드렸다.
파리에서 꽤 많은 돈을 받았고,
다행히도 외상을 해주었던 호텔 주인에게
돈을 갚자는 생각이 머리에 떠올랐다.

XXXIII

호텔에는 소녀가 한 명 있었는데,
영국 출신에 좋은 가문의 자손이었다.
그런데, 그곳을 떠나기로 한 하루 전에
우연히 그녀의 어머니를 만나게 되었다.
무도회였다. —— 무도회는 지루하기 마련이다.
나는 말하기 좋아하는 내 장기를 최대한 발휘했다.

XXXIV

옛날 창공 높은 곳에서
창해(蒼海)로 우윳방울이 떨어졌다고 한다.
그때 마차를 타고 지나가던 밤은,
창해 위에 난 창백한 자국을 보고는,
입고 있는 진주모빛 옷의 주름을 흔들어
하늘의 냇물에 다이아몬드 침대를 만들었다.

XXXV

기억의 딸들의 응석둥이인 그리스인들은,[61]
이 이야기를 꿀과 산해진미로 물들였다.
하지만 나는 그들에게서 잊힌 한 가지 사실을 이야기하려고 한다.

아름다운 그녀의 상앗빛 가슴이

이처럼 하늘을 우유의 강으로 변화시키는 것을 주노[62]가 보

았을 때,

갑자기 그녀는 주피터가 두려워졌다.

XXXVI

그녀는 가슴에 손을 얹고자 했다.

그리고, 숭고한 젖이 넘쳐흐르는 것을 느끼고는,

올림포스에 피해를 주지 않으려고, 얼굴을 옆으로 돌렸다.

태양은 멀리, 대지는 가까이 있었다.

우리를 빚어낸 가련한 진흙 위로 우유 한 방울이 떨어졌다.

우리가 사랑하는 모든 것은 거기서부터 왔다.

XXXVII

젊은 어머니는 아름다운 아이였다.

진정한 아이였다, —— 부유한 영국은

그렇게 값진 진주를 그곳에서 다시 발견하기 전에

여러 번 물속에 그물을 던져야 하리라.

사실, 독자여, 그녀의 초상화를 그리기 위해,

나는 한 방울의 우유보다 더 좋은 것을 찾지 못했다.

XXXVIII

우수의 하얀 베일이 더 붉은 피 위에서
더 투명했던 적은 결코 없었다.
나는 그녀 옆에 앉아서 이탈리아 이야기를 했다.
그녀는 비길 데 없는 그 나라를 알고 있었기에.
아! 그녀는 가슴속에 태양빛을 가지고
그곳으로부터 차디찬 자신의 조국으로 왔다.

XXXIX

우리는 오랫동안 이야기를 나누었다, 그녀는 순박하고 상
냥했다.
악을 모르기에, 그녀는 선을 행했다.
그녀는 심장의 부(富)를 내게 베풀었고,
심장이 굴복하는 소리를 들으면서,
감히 그 생각을 하지 않고, 나는 그녀에게 내 심장을 주었
다.
그녀는 내 삶을 앗아갔지만 그 사실은 결코 알지 못했다.

XL

저녁에, 콩트르당스[63)가 끝난 후 집으로 돌아오는 길,

그녀는 내 팔짱을 끼었고, 우리는 도박장 안으로 들어갔다.

그곳으로부터 달리 나올 수는 없기 때문이다.

그녀는 내게 말한다.

"이곳에서 당신 나라까지는 많은 지출을 하게 될 거라고 생각해요.

당신의 마지막 날을 위해서는 도박을 좀 해야 해요."

XLI

그녀는 부드러운 미소로 나를 앉게 했다.

그때 그녀가 어떤 변덕의 조언을 들었는지는 모른다.

그녀는 손을 펴고 내게 말했다. "저기서 하세요."

나는 푸른 눈의 그 천사에게 이끌려 갔다.

친구여, 얼마의 돈으로 게임을 시작했는지

그대에게 말할 필요는 없다.

XLII

우리는 그렇게 한 시간 동안이나 게임을 했다.

나는 내 앞으로 모든 보물이 떨어지는 것을 보았다.

붉은색인지 검은색인지는 기억이 잘 나지 않는다.

그것이 열인지 스물인지는 더구나 전혀 모른다.

나는 프랑스로, 그녀는 영국으로 떠났고,

나는 양손 가득 황금을 안고 그곳에서 나왔다.

XLIII

집으로 되돌아가 이 부를 보았을 때,
나는 아이에게 금화 두 닢을 주었던
그 궁핍의 날을 회상했다.
그것은 자비심 때문이었다. 나는 그 금화를 잃어버린 것으
로 생각했다.
나는 모든 것을 보는 신의 지혜를 이해했다.
그날 저녁, 어머니는 내게 금화를 돌려주었다.

XLIV

독자여, 만일 내 기억이 혼란스러운 것이 아니라면,
약속하건대, 이 글을 시작하면서,
나는 행운을 믿었다. 이야기는 이렇게 끝이 난다.
보다시피 나의 행복은 하루 저녁 지속되었다.
하지만 이런 행복과도 바꾸고 싶지 않을 만큼
더 긴 행복을 나는 안다.

뤼시

엘레지

친애하는 친구들이여, 내 죽거든
무덤에 버드나무 한 그루 심어주게.
나는 눈물 젖은 버드나무 가지를 사랑한다네.
버들가지의 창백함은 내게는 감미롭고 소중하며,
내가 잠들게 될 땅에
가벼운 그늘을 드리우게 될 것이네.

어느 날 저녁, 우리는 단둘이었고, 나는 그녀 곁에 앉아 있
었다.
그녀는 클라브생[64] 위로 고개를 숙이고 있었고,
몽상에 잠긴 채, 흰 손만이 부유(浮游)하고 있었다.
그것은 속삭임에 지나지 않았다.
갈대 위를 미끄러지는,

오
월
의
밤

지나가면서 새들을 깨울까 두려워하는

먼 미풍의 날갯짓이라 했을지도 모른다.

우울한 밤의 부드러운 관능이

우리 주변 꽃들의 꽃받침에서 퍼져 나왔다.

공원의 마로니에와 오래된 떡갈나무는

눈물 젖은 가지 아래서 부드럽게 몸을 흔들고 있었다.

우리는 밤의 소리를 듣고 있었다. 반쯤 열린 유리창으로

밤의 향기가 우리에게 다가왔다.

바람은 잔잔했고, 들판에는 아무도 없었다.

생각에 잠긴 우리만이 있었고, 우리는 열다섯 살이었다.

나는 뤼시를 바라보았다. ── 그녀는 창백했고 금발이었다.

더 부드러운 두 눈이 가장 맑은 하늘의 깊이를 재고

창공에 대해 숙고한 적은 결코 없었다.

나는 그녀의 아름다움에 도취되었다. 세상에서 오직 그녀
만을 사랑했다.

하지만 누이를 사랑하듯 그녀를 사랑한다고 믿었고,

그녀로부터 나오는 것은 수줍음으로 가득 차 있었다!

우리는 오랫동안 말없이 있었다. 내 손은 그녀의 손에 닿아
있었다.

나는 슬프고 매력적인 그녀의 얼굴이 꿈꾸는 것을 바라보
고 있었고,

심장이 뛸 때마다, 모든 고통을 치유하기 위해서,

얼굴의 젊음과 마음의 젊음이라는,

평화와 행복을 나타내는 꼭 닮은 두 표식이
우리에게 대체 얼마나 할 수 있을까를 영혼 속에서 느끼고
있었다.
구름 한 점 없는 하늘에서 떠오르는 달은
긴 은빛 그물로 갑자기 하늘을 가득 채운다.
그녀는 내 두 눈에서 반짝이는 자신의 모습을 보았다.
그녀의 미소는 천사의 미소 같았다. 그녀는 노래했다.

. . . .

. . . .

고통의 딸, 하모니여! 하모니여!
사랑을 위해 천재가 발명한 언어여!
이탈리아가 우리에게 주었고, 하늘이 이탈리아에 준 언어
여!
오직 그 안에서만이 사고(思考)가,
이 겁 많고 상처 입은 어렴풋한 동정녀가, 베일을 쓴 채
타인의 눈을 두려워하지 않고 지나가는 부드러운 심장의
언어여!
아이의 심장처럼 슬프고 아이의 목소리처럼 부드러운,
아이가 숨 쉬는 공기에서 생겨난, 당신의 슬픈 노래 속에서
아이는 무엇을 듣고 무엇을 말할 것인가?
우리는 눈길을, 흘러내리는 눈물을 발견한다.
나머지는 뭇사람은 모르는 비밀이다,
물결, 밤 그리고 숲의 비밀처럼!

―― 생각에 잠긴 우리 둘만이 있었다, 나는 뤼시를 바라보았다.

그녀가 부르는 로망스의 메아리가 우리 안에서 떨리는 것 같았다.

그녀는 무거워진 머리를 내게 기댔다.

너는 가슴속에서 신음하는 데스데모나[65]를 느꼈을까?

가련한 아이? 너는 울고 있었다. 너는 내 입술이

너의 황금빛 입술에 포개어지도록 그대로 두었다.

나의 입맞춤을 받아들인 것은 너의 고통이었다.

그렇게 나는 네게 입을 맞추었다, 차갑고 창백한 네게,

그렇게, 두 달 후, 당신은 무덤에 뉘어졌다.

그렇게, 오, 순결한 나의 꽃! 너는 사라졌다.

너의 죽음은 너의 삶만큼이나 부드러운 미소였고,

너는 요람 속에서 신에게 되돌아갔다.

순수함이 머무는 집의 부드러운 신비,

노래, 사랑의 꿈, 웃음, 아이 이야기,

그리고 당신, 마르게리테의 방문턱에서 파우스트를 주저케 했던

저항할 수 없는 미지의 매력이여,

최초의 나날들의 천진함이여, 너희는 어떻게 되었느냐?

너의 영혼에 깊은 평화를, 아이여, 네 기억에도!

안녕! 상앗빛 건반 위 너의 흰 손은,
여름 밤, 더 이상 이리저리 부유(浮游)하지 않으리.

친애하는 친구들이여, 내 죽거든
무덤에 버드나무 한 그루 심어주게.
나는 눈물 젖은 버드나무 가지를 사랑한다네.
버들가지의 창백함은 내게는 감미롭고 소중하며,
내가 잠들게 될 땅에
가벼운 그늘을 드리우게 될 것이네.

오월의 밤

뮤즈

시인이여, 비파를 들고 내게 입 맞춰주세요.
들장미꽃은 봉오리가 피어남을 느낀답니다,
오늘 밤 봄이 시작되고 바람이 뜨거워지면,
여명을 고대하는 할미새는
초록빛으로 물들기 시작하는 수풀에 머무르기 시작합니다.
시인이여, 비파를 들고 내게 입 맞춰주세요.

시인

골짜기 안은 어찌나 어두운지!
베일에 싸인 한 형체가
저 숲 위에서 떠도는 것 같구나.
그 형체는 초원에서 나와

그 발이 꽃 핀 풀을 짓밟아버렸다.
이상한 몽상.
형체는 희미하게 사라져버렸소.

뮤즈

시인이여, 비파를 드세요. 밤의 향기로운 베일 속에서
잔디 위로 서풍이 산들거립니다.
아직 순결한 장미는, 죽어가며 장미에 도취한
진줏빛 말벌을 질투하여 다시 꽃잎을 오므려버렸습니다.
들어보세요! 모두가 입을 다물었습니다. 당신의 연인을 생
각해보세요.
오늘 밤 보리수 아래로 저무는 햇빛은
우거진 가지에 더욱 감미로운 작별의 말을 남길 것입니다.
오늘 밤 모든 것이 꽃을 피우려 합니다. 불멸의 자연은
기쁨에 싸인 젊은 부부의 침대처럼
향기와 사랑과 속삭임으로 가득 넘칩니다.

시인

심장은 왜 이리 빨리 뛴단 말인가?
동요하는 무엇이 내 안에 남아 있단 말인가?

나는 그것이 두렵다네.
누군가 나의 방문을 두드리지 않는가?
반쯤 꺼진 나의 램프는 왜
그 빛으로 나를 눈부시게 하는가?
전지전능한 신이시여! 온몸이 떨린다.
누가 오는가? 누가 나를 부르는가? ──아무도 없구나.
나는 혼자라네. 종이 울릴 시간이다.
아, 고독이여! 아, 초라함이여!

뮤즈

시인이여, 비파를 드세요. 오늘 밤 신의 혈관 속에서
젊음의 포도주가 익습니다.
내 가슴은 불안합니다. 쾌락에 내 가슴은 숨이 막히고
목마른 바람은 내 입술을 불타오르게 합니다.
아, 게으른 아이여! 보세요, 나는 아름답습니다.
당신은 우리의 첫 키스를 기억하지 못하나요,
내 날개가 스치자 그렇게도 창백해진 당신을 보았을 때,
두 눈은 눈물에 젖어 내 품에 안기지 않았던가요?
아! 쓰라린 고통에서 나는 당신을 위로해주었습니다!
아! 여전히 젊은 당신은 사랑으로 인해 죽으려 했으니.
오늘 밤 나를 위로해주세요, 나는 희망으로 인해 죽어가니
날이 밝을 때까지 살기 위해서는 기도가 필요합니다.

시인

나를 부른 게 당신의 목소리였소?
오, 나의 가련한 여신이여! 당신이었소?
오, 나의 꽃이여! 오, 나의 불멸의 연인이여!
아직도 나를 사랑하는
정숙하고 믿음직한 유일한 존재여!
그래, 거기 있구나, 그대 나의 금발이여,
그대, 나의 연인 나의 누이여!
깊은 밤 나는
나를 휘감고 있는 당신의 황금빛 옷자락에서
내 심장으로 스며드는 빛을 느낀다오.

뮤즈

시인이여, 비파를 드세요. 불멸의 연인인 바로 내가
오늘 밤 말없이 슬픔에 잠긴 당신을 보고,
어린 새끼들의 부름에 달려온 어미 새처럼
당신과 함께 울기 위해서 높은 하늘 위에서 내려왔으니.
오세요, 친구여, 당신은 고통을 받고 있습니다. 쓸쓸한 불안이
당신을 괴롭히고, 당신의 심장 속에서 무언가가 신음하고
있군요.

지상에서 흔히 보듯, 어렴풋한 기쁨, 허울뿐인 행복인
어떤 사랑이 당신에게 찾아왔습니다.
오세요, 신 앞에서 노래합시다. 당신의 마음속에서,
잃어버린 환희 속에서, 지나간 고통 속에서 노래합시다.
입맞춤을 한 채로 미지의 세계로 떠납시다.
닥치는 대로 당신의 생명의 메아리를 일깨웁시다,
설사 그것이 꿈이라도, 하찮은 것이라도,
행복과 영광과 사랑의 정열을 이야기합시다.
어딘가 망각의 장소를 만들어냅시다.
떠납시다, 우리는 단둘이고, 세상은 우리 것이니.
푸른 스코틀랜드와 갈색의 이탈리아,
감미로운 꿀의 나라 나의 어머니 그리스와,
아르고스와 대학살의 도시 프텔레온과,
비둘기들의 안식처, 신성한 메사와,
색색의 나무가 우거진 펠리온 산꼭대기와,
푸른 티타레스와, 백조가 떠다니는 물 위로
하얀 올로손과 하얀 카미르가 비치는
은빛의 만(灣)이 여기 있습니다.[66]
말해주세요, 우리의 노래가 어떤 금빛 꿈을 흔들어 재우게
될지를?
우리가 흘릴 눈물은 어디서 오는 건가요?
오늘 아침, 햇살이 당신의 눈꺼풀을 비추었을 때,
어떤 사색에 잠긴 천사가 당신의 머리맡에 몸을 숙인 채,

가벼운 옷자락 속에서 라일락을 흔들며,

작은 목소리로 그가 꿈꾸던 사랑을 이야기하지 않던가요?

희망을 노래할까요, 슬픔 아니면 기쁨을?

냉혹한 군대를 피로 물들일까요?

비단 사다리에 연인을 매달아놓을까요?

준마가 거품을 내뿜으며 달리도록 할까요?

성스러운 집의 무수히 많은 램프에서

어떤 손이 밤낮으로

생명과 영원한 사랑의 성유(聖油)에 불을 붙이는지 말할까요?

타르퀴니우스에게 외칠까, "시간이 되었어요, 여기 어두움이 있어요!"라고.

진주를 따러 바다 속으로 내려갈까요?

쓰디쓴 흑단나무까지 염소를 데려갈까요?

우울에 하늘을 보여줄까?

가파른 산 위까지 사냥꾼을 따라갈까요?

암사슴은 사냥꾼을 봅니다. 사슴은 울고, 애원합니다.

그의 숲은 사슴을 기다립니다. 갓 난 새끼들도 있습니다.

사냥꾼은 몸을 굽혀 사슴의 목을 베고

땀에 젖은 사냥개에게 아직도 뛰고 있는 사슴의 심장을 던집니다.

하인을 데리고 미사에 가면서

어머니의 옆에서 멍한 눈길로

기도를 잊은 입술을 반쯤 벌린 채
뺨을 붉히고 있는 처녀를 그릴까요?
그녀는 성당 기둥 사이에서 메아리쳐 울리는
용감한 기사가 탄 말발굽 소리를 온몸을 떨면서 듣고 있습
니다.
무장을 한 채 전투에 뛰어들라고,
잊힌 영광이 음유 시인들에게 가르쳐준
순박한 로망스를 되살리라고
프랑스의 옛 영웅들에게 이야기할까요?
맥 빠진 엘레지에 흰 옷을 입힐까요?
워털루의 주인공은
영원한 밤의 사자(使者)가 다가와
한 번의 날갯짓으로 쓰러뜨리기 전에
차가운 심장 위로 두 손을 묶기 전에
그의 삶과, 그가 죽게 한 인간의 무리에 대해
우리에게 이야기해줄까요?
굶주림에 지쳐, 깊은 망각 속에서
질투와 무력함으로 떨면서,
천재의 이마에서 희망을 모욕하러
그의 입김이 더럽힌 월계관을 물어뜯으러 오는
창백한 팸플릿 작가의 일곱 번이나 팔린 이름을
거만한 풍자시의 말뚝에 못 박을까요?
비파를 드세요! 비파를 들어! 더 이상은 침묵할 수 없으니.

내 날개는 봄바람에 나를 들어 올립니다.

바람은 나를 실어 가려 하고 나는 대지를 떠나려 합니다.

당신의 눈물을! 신이 내 말에 귀 기울이니, 때가 이르렀습
니다.

시인

사랑하는 나의 누이, 만일 그대에게 필요한 것이

다정한 입맞춤과

내 두 눈의 눈물뿐이라면,

기꺼이 주겠소.

그대가 다시 하늘로 올라간대도

우리의 사랑을 기억해주오.

나는 희망도

영광도 행복도

아! 고통조차 노래하지 않으려 하오.

심장의 이야기를 듣기 위해

입술은 침묵을 지킨다오.

뮤즈

당신은 마치 내가 가을 바람과도 같이

무덤에 뿌려진 눈물까지 탐닉한다고,

고통이 내겐 한 방울의 물에 지나지 않는다고 생각하나요?

오, 시인이여! 당신에게 입맞춤을 하는 것은 바로 나랍니다.

내가 이곳에서 뽑아버리려 했던 풀,

그것은 당신의 게으름입니다. 당신의 고통은 신의 것입니다.

당신의 젊음이 견디고 있는 고뇌가 무엇이든,

검은 천사들이 당신의 가슴 깊숙이 만들어놓은

신성한 상처가 커지도록 내버려두세요.

커다란 고통만큼 우리를 위대하게 만드는 것은 없습니다.

하지만, 시인이여, 그런 고통을 당하기 위해서

당신이 이 세상에서 침묵해야 한다고는 믿지 마세요.

가장 절망한 자들이 가장 아름다운 노래를 부르고,

나는 순전한 흐느낌에서 나온 불멸의 노래들을 알고 있습니다.

긴 여행에 지친 펠리컨이,

저녁 안개 속에서 자신의 갈대밭으로 되돌아올 때,

굶주림에 지친 어린 새끼들이

멀리서 그가 물 위에 쓰러지는 것을 보고 해변을 달려옵니다.

벌써, 먹이를 잡아 나눌 생각에,

새끼들은 환호성을 지르며

흉측한 갑상선종 위로 부리를 흔들며 아비에게 달려갑니다.

느린 걸음으로 높은 바위에 이르러,
늘어진 날개로 새끼들을 감싸 안고,
우울한 낚시꾼인 그는 하늘을 쳐다봅니다.
열린 가슴에서는 피가 줄줄 흐릅니다.
헛되이 그는 바다의 깊이에 대해 숙고해봅니다.
대양은 텅 비어 있고, 해변은 쓸쓸합니다.
먹이로 그는 자신의 심장을 내줍니다.
침울하고 말없이, 바위에 드러누워
자식들에게 아비의 내장을 나누어 주며,
숭고한 사랑 속에서 고통을 가라앉힙니다,
그리고, 흘러내리는 핏빛 젖을 보면서,
쾌감과 애정과 공포에 도취되어
죽음의 향연에서 그는 쇠약해져 비틀거립니다.
하지만 이따금, 숭고한 희생의 도중,
너무나 긴 고통 속에 죽어가는 데 지친
그는 새끼들이 자신을 살려둘까 두려워합니다.
그때 그는 몸을 일으켜, 바람에 날개를 펼치고,
거친 울음소리로 자신의 가슴을 칩니다,
그가 밤중에 너무나도 슬픈 작별 인사를 하여,
바닷새들은 바닷가를 떠나고,
해변에서 지체한 여행자는,
죽음이 지나가는 것을 느끼고, 신에게 자신을 맡깁니다.
시인이여, 위대한 시인들은

순간을 즐기는 자들이 즐거워하도록 내버려둡니다.
하지만 그들이 축제에서 내놓는 인간 향연은 대부분
펠리컨의 것과 흡사합니다.
위대한 시인들이 이렇게 어긋난 희망과,
슬픔과 망각과, 사랑과 불행에 대해서 이야기할 때,
그것은 심장을 부풀리는 음악회가 아닙니다.
그들의 이야기는 칼과도 같습니다.
칼날은 허공에 눈부신 원을 그리지만,
그곳에는 언제나 몇 방울의 피가 맺혀 있습니다.

시인

오, 여신이여! 만족을 모르는 유령이여
내게 너무 많은 것을 요구하지 마시오.
바람이 세차게 몰아치는 순간
인간은 모래 위에 아무것도 쓸 수 없다오.
젊은 시절, 나의 입술이
새처럼, 끊임없이 노래하던
시절도 있었다오.
하지만 나는 너무 심한 고통을 겪었고,
내 칠현금에 맞춰 그 고통을 노래하려 한다면,
그중 가장 하찮은 것에라도
칠현금은 갈대처럼 꺾이고 말 것이오.

십이월의 밤

시인

초등학생 시절
어느 날 저녁 나는
우리의 고독한 서재에서 밤샘을 하고 있었다.
나를 형제처럼 닮은, 검은 옷을 입은 한 가련한 아이가
내 탁자 앞에 와서 앉았다.

그의 얼굴은 슬퍼 보이고 아름다웠다.
촛불의 희미한 빛에
그는 펼쳐놓은 책을 읽으려 다가왔다.
그는 고개를 숙여 손으로 얼굴을 감싸고
사색에 잠긴 채, 부드러운 미소를 띠고,
다음날까지 있었다.

열다섯 살이 될 무렵
하루는 느린 걸음으로
숲 속 히스가 우거진 황야를 걷고 있었다.
나를 형제처럼 닮은, 검은 옷의 한 젊은이가
나무 밑동에 와서 앉았다.

나는 그에게 내가 가야 할 길을 물었다.
그는 한 손에는 비파를,
다른 한 손에는 들장미 한 다발을 들고 있었다.
그는 나에게 우정 어린 인사를 하고,
얼굴을 반쯤 돌려,
손가락으로 언덕⁶⁷⁾을 가리켰다.

사랑을 믿을 나이가 되었을 때,
첫 번째 불행에 눈물 흘리며
홀로 방 안에 있던 어느 날
나를 형제처럼 닮은,
검은 옷의 한 이방인이
난롯가에 와서 앉았다.

침울하고 걱정스러운 얼굴이었다.
그는 한 손으로 하늘을 가리키고 있었고,
다른 한 손에는 검을 들고 있었다.

그는 내가 겪는 고통으로 괴로워하고 있는 것 같았다.
하지만 그는 한숨만 한 번 내쉬고,
꿈처럼 사라졌다.

방탕한 생활을 보내던 무렵,
하루는 한 호화로운 연회에서
축배를 위해 잔을 들었다.
나를 형제처럼 닮은,
검은 옷의 한 회식자가
내 앞에 와서 앉았다.

그의 외투 아래에는
너덜너덜해진 자줏빛 누더기 옷이,
머리 위에는 열매를 못 맺는 도금양이[68] 흔들리고 있
었다.
그의 여윈 팔은 내 팔을 찾고 있었고,
나의 술잔은, 그의 술잔에 닿자
연약한 내 손안에서 깨졌다.

일 년 후, 밤이었다.
방금 전 아버지가 임종한 침대 옆에
나는 무릎 꿇고 있었다.
나를 형제처럼 닮은,

검은 옷의 한 고아가
침대 머리맡에 와서 앉았다.

그의 눈은 눈물로 가득 차 있었다.
고통의 천사처럼
그는 가시관을 쓰고 있었다.
그의 비파는 바닥에 놓여 있었고,
자줏빛 옷은 핏빛이었고,
그의 검은 가슴에 꽂혀 있었다.

아주 잘 기억하고 있거니와,
내 인생의 매 순간
나는 그를 알아보았다.
그는 기이한 환영이었다.
천사이건 혹은 악마이건
나는 도처에서 우정 어린 눈길을 보내는 그 형체를 보
았다.

나중에, 고통에 지친 나는
다시 태어나려고, 아니면 일을 매듭지으려고
프랑스를 떠나고자 했다.[69]
다른 곳으로 몹시 가고 싶었던 나는
떠나서, 희망의 유물을

찾고자 했다.

피사에서, 아펜니노 산맥 기슭에서,
쾰른에서, 라인 강을 마주보고,
니스에서, 계곡 비탈에서,
피렌체에서, 궁전 깊숙이에서,
브리그[70]에서, 낡은 오두막에서,
쓸쓸한 알프스 한가운데서,

제노바에서, 레몬나무 아래서,
브베[71]에서, 푸른 사과나무 아래서,
르아브르에서, 대서양을 앞에 두고,
베네치아에서, 창백한 아드리아 해가
그곳 무덤가 풀 위로 와서 사라지는
끔찍한 리도에서,

이 광대한 하늘 아래,
영원한 상처로 피 흘리는
나의 심장과 두 눈을 진저리 나게 한 어느 곳에나,
절뚝거리는 권태가
나의 피로를 뒤에 질질 끌면서
나를 사립짝에 실어 이리저리 끌고 다닌 어느 곳에나,

미지의 세상에 대한 갈증으로
늘 목마른 내가
내 꿈의 그림자를 따라간 어느 곳에나,
채 살아보지도 않은 채
이전에 보았던 것,
인간의 얼굴과 그 거짓을 다시 본 어느 곳에나,

인생 여정에서,
손에 얼굴을 묻고,
여인처럼 오열한 어느 곳에나,
덤불에 털을 남기는
양처럼,
내 영혼이 벌거벗겨지는 것을 느낀 어느 곳에나,

잠들기를 원한 어느 곳에나,
죽고자 한 어느 곳에나,
쓰러진 어느 곳에나,
나를 형제처럼 닮은,
검은 옷을 입은 한 불행한 자가
내 인생 여정에 와서 앉아 있었다.

내 인생의 여정에서 끊임없이 나타나는
    너는 대체 누구란 말이냐?

우수 어린 네 모습에,

　　네가 내 불운이라 믿을 수는 없다.

너의 부드러운 미소는 너무 많은 인내를 지녔고,

　　너의 눈물은 너무도 많은 연민을 지녔다.

너를 보면서, 나는 신의 섭리를 사랑하게 된다.

너의 괴로움조차 나의 고통과 자매간이니.

　　고통은 우정을 닮았다.

너는 대체 누구란 말이냐? ──미리 알려준 적 없으니,

　　착한 천사는 아닐 테지.

너는 내 불행을 보고 (참으로 기이한 일이군!)

　　내가 고통 받는 것을 지켜보았다.

이십 년 전부터 너는 내 인생 길을 걸어왔다.

　　하지만 나는 너를 부를 수 없었다.

만일 너를 보낸 것이 신이라면, 너는 대체 누구란 말이냐?

너는 내 기쁨을 함께하지 않으면서 내게 미소 짓고,

　　나를 위로하지 않으면서 나를 불쌍히 여기는구나!

오늘 저녁 나는 또 내 앞에 나타난 너를 보았다.

　　슬픈 밤이었지.

바람으로 창문이 흔들리고 있었다.

　　침대에 몸을 숙인 채 나는 혼자였다.

뜨거운 입맞춤의 온기가 아직도 남아 있는

소중한 장소를 보고 있었다.
나는 여인이 망각하는 것처럼 꿈을 꾸고 있었고,
서서히 찢어지는
　　　내 인생의 일부를 느끼고 있었다.

나는 전날의 편지들과,
　　　머리카락과, 사랑의 파편들을 모으고 있었다.
이 모든 과거가 내 귓가에
　　　일순의 영원한 사랑의 맹세를 외치고 있었다.
이 신성한 기념물을 바라보며,
　　　내 손끝은 떨리고 있었다.
고통이 휩쓸고 간 심장에서 나오는 눈물과,
눈물이 흐르는 두 눈은
　　　더 이상 내일을 믿지 않으리!

나는 한 조각의 거친 피륙에
　　　행복한 날들의 잔해를 쌌다.
이 세상에서 지속되는 것은
　　　한 타래의 머리털이라는 생각을 하고 있었다.
깊은 바다 속을 잠수하는 사람처럼
　　　깊은 망각에 빠져 있었다.
나는 망각의 깊이를 재고,
세상 사람들의 눈에서 멀리 떨어져, 홀로,

묻혀버린 내 가련한 사랑에 눈물 흘렸다.

나는 이 깨지기 쉬운 소중한 보물 위에
    검은 밀랍의 봉인을 하려 하고 있었다.
보물을 돌려주려던 나는,
    믿을 수 없어 울면서 계속 망설이고 있었다.
오! 연약한 여인이여, 오만하고 어리석은 이여,
    너는 본의 아니게 우리 사랑을 기억하게 될 것이다!
저런! 너는 왜 너의 생각에 어긋나는 행동을 하느냐?
사랑하지 않는다면, 왜 그런 눈물과,
    흐느끼는 가슴과, 오열을 보이느냐?

그렇다, 너는 번민하고, 고통 받고, 눈물 흘린다.
    하지만 너의 꿈은 우리 사이에 존재한다.
좋다! 잘 가라! 너는 나와 네가 헤어질 시간을
    기다리겠지.
떠나라, 떠나라, 그리고 그 얼음처럼 차가운 심장에
    충족된 자존심을 실어 가라.
나는 아직도 젊고 힘차게 뛰는 심장을 느낀다,
하지만 네가 내게 행한 죄악 위에
    내 심장에는 수많은 불행이 자리 잡을 수 있으리라.

떠나라, 떠나라! 불멸의 자연은

너에게 모두를 주려 하지 않았다.
아! 아름답고자 하지만
　　용서할 줄 모르는 가련한 아이여!
가라, 가라, 운명을 따르라.
　　너를 잃은 자는 모든 것을 잃지는 않았다.
소멸된 우리의 사랑을 바람에 던져버려라. ──
신이시여! 그토록 사랑했던 너는,
　　떠날 거라면 왜 나를 사랑했느냐?

어두운 밤 갑자기 나는
　　한 형체가 소리 없이 미끄러지듯 움직이는 걸 보았다.
커튼 위로 그림자가 움직이는 걸 보았다.
　　형체는 내 침대에 와서 앉았다.
침울하고 창백한 얼굴, 검은 옷의 우울한 모습을 한
　　너는 대체 누구란 말이냐?
슬픈 철새야, 너는 내게 무엇을 원하느냐?
이 거울에 비친 것은
　　헛된 꿈인가? 나 자신의 모습인가?

내 젊음의 망령, 아무것에도 꺾이지 않은 순례자
　　너는 대체 누구란 말이냐?
내가 지나간 어둠에 앉아 있는 너를
　　왜 계속 보게 되는지 말해다오.

고독한 방문자, 내 고통의 순간을 늘 함께하는
　　너는 대체 누구란 말이냐?
형제여, 슬픔의 날에만 날 찾아오는
　　너는 대체 누구란 말이냐, 너는 대체 누구란 말이냐?

환영

　── 친구여, 우리의 아버지는 너의 아버지다.
　나는 수호천사도 아니고,
　인간을 불행으로 이끌지도 않는다.
　우리가 살아가는 얼마 되지 않는 이 진흙탕 위에서
　내가 사랑하는 사람들의 발걸음이
　어느 쪽으로 향할지 나는 모른다.

　나는 신도 악마도 아니고,
　나를 너의 형제로 불렀을 때
　너는 나의 이름을 부른 것이다.
　네가 생을 마감하는 날까지,
　네가 가는 곳에 나는 언제나 있을 것이다,
　네 생을 마감하는 날 나는 너의 묘비 옆에 가서 앉을
　것이다.

　하늘이 내게 너의 심장을 맡겼으니.

고통을 겪을 때면,
걱정 말고 내게로 오라.
인생 여정에서 네 뒤를 따르리라.
하지만 너의 손을 잡을 수는 없다,
친구여, 나는 고독이다.

팔월의 밤

뮤즈

태양이, 거대한 지평선,
붉게 물든 축 위로 게자리를 건넌 때로부터,[72]
행복은 나를 떠났고, 나는 조용히
사랑하는 친구가 나를 불러줄 시간을 기다린다.
아! 예전부터 그의 집은 텅 비어 있다.
　그곳에 아름다운 지난날들로부터 지속되는 것은 없어 보인
다.
　홀로, 아직도 나는 와서, 베일을 쓴 채,
　반쯤 열린 그의 문에 뜨거운 이마를 댄다,
　아이의 무덤에서 눈물짓는 미망인처럼.

시인

안녕, 변함없는 나의 친구여!
안녕, 나의 영광과 나의 사랑이여!
가장 훌륭하고 가장 소중한 친구는
귀로에서 발견하는 친구지.
오래 지나지 않은 한순간
의견과 욕심이 나를 휩쓸어 갔네.[73]
안녕, 나의 어머니와 나의 유모여!
안녕, 안녕, 위안을 주는 사람이여!
그대의 팔을 벌려라, 내가 노래하러 왔으니.

뮤즈

왜, 상처 받은 심장, 희망에 지친 심장으로,
그리도 자주 달아나서 이토록 늦게야 되돌아오나요?
얼마간의 우연이 아니라면, 무엇을 찾으러 갔나요?
얼마간의 고통이 아니라면, 무엇을 가져왔나요?
내가 새벽까지 기다릴 때, 내게서 멀리 떨어져 무엇을 하나
요?
당신은 깊은 밤 창백한 빛입니다.
세상의 쾌락이 당신에게 남겨준 것은
우리의 정직한 사랑에 대한 무력한 경멸뿐입니다.

내가 도착했을 때 당신의 서재는 비어 있었습니다.

이 발코니에서, 마음 졸이며 생각에 잠긴

내가 몽상에 빠진 채 당신의 정원 벽을 보고 있는 동안,

당신은 어둠 속에서 불길한 운명에 몸을 맡깁니다.

어떤 자존심 강한 미인이 자신의 사슬 속에 당신을 잡아둡니다.

당신은 이 가련한 마편초가 가장 행복한 시절에

죽어가도록 내버려둡니다.

최근에 돋아난 가지는 당신 두 눈의 눈물로 적셔진 것임에 틀림없습니다.

이 슬픈 푸름은 살아 있는 나의 상징입니다.

친구여, 우리 둘 다 당신의 망각으로 인해 죽어갈 것이고,

망각의 가벼운 향기는, 날아가는 새처럼,

나의 추억과 함께 하늘 속으로 달아날 것입니다.

시인

들판을 지날 때,

나는, 오늘 저녁, 오솔길에서,

시들어 떨고 있는 한 송이,

창백한 한 송이 들장미 꽃을 보았소.

그 옆에는 푸른 싹이

관목 위에서 흔들리고 있었소.

나는 새로운 꽃이 싹트는 것을 보았소.

가장 젊은 것이 가장 아름다웠소.

인간은 이처럼, 언제나 새로운 것이라오.

뮤즈

아! 언제나 한 인간, 아! 언제나 눈물!

언제나 먼지투성이의 발과 이마의 땀!

언제나 끔찍한 전쟁과 피 묻은 무기들.

심장이 거짓을 말해도 소용없습니다, 상처는 깊숙한 곳에
있습니다.

아, 어느 나라에서도, 언제나 삶은 같습니다.

탐내고, 후회하고, 손을 잡고 손을 내밉니다.

언제나 같은 배우에 같은 희극입니다.

인간의 위선이 무엇을 만들어냈건

그 밑 인간의 해골보다 진실한 것은 없습니다.

아! 사랑하는 이여, 당신은 더 이상 시인이 아닙니다.

더 이상 어느 것도 말없는 당신의 칠현금을 깨우지 못합니
다.

당신의 심장은 변덕스러운 꿈속에 빠져버렸습니다.

여인의 사랑은 변하고

눈물 속에서 당신 영혼의 보물들을 허비하게 하며,

신은 피보다 눈물을 더 높이 평가한다는 사실을 당신은 모

릅니다.

시인

계곡을 건넜을 때,[74)]
둥지 위에서 노래하는 한 마리 새가 있었소.
그것의 어린 새끼들, 소중한 아이들이
얼마 전 밤사이에 죽었소.
하지만 새는 여명을 노래하고 있었소.
오, 나의 뮤즈여, 울지 마시오!
전부를 잃은 자에게, 저 높은 곳의 신은
아직도 이 세상의 희망을 남겨둔다오.

뮤즈

가난 때문에 홀로 아비의 집으로 돌아가는 날,
당신은 무엇을 발견하게 될까요?
떨리는 손으로 지금은 당신이 잊었다고 생각하는
초라한 작은 집의 먼지를 닦게 될 때,
당신은 어떤 얼굴을 하고
조금의 평온과 환대를 찾아 당신의 집으로 돌아가게 될까
요?
당신은 당신 삶과 자유를 어떻게 했나요?

이렇게 외치는 목소리가 언제나 있을 겁니다.

바라는 만큼 잊는다고 생각하나요?

자신의 참모습을 찾으려 함으로써 자신을 되찾을 거라 생각하나요?

당신의 심장과 당신 자신 중 어느 쪽이 시인인가요?

당신의 심장이겠지요, 하지만 당신 심장은 응답하지 않을 겁니다.

사랑이 그것을 부숴버릴 겁니다. 파멸을 불러올 정열이

악인들의 영향으로 심장을 돌로 만들어버릴 겁니다.

당신은 마치 뱀의 허물처럼 여전히 움직일

끔찍한 잔해만을 느끼게 될 겁니다.

오, 하늘이여! 누가 당신을 도와줄까요? 내 의지와 상관없이 떨고 있는 황금 날개가,

나를 당신에게서 지키기 위해

당신에 대한 내 사랑을 완전히 금지할 수 있는 분,

그분께로 나를 데려갈 때, 나는 어떻게 할까요?

가련한 아이여! 오퇴유 숲 속, 푸른 마로니에와 흰 포플러 나무 아래

당신은 사색에 잠겨 있었고, 저녁 무렵 완만한 길모퉁이에서

내가 당신을 성가시게 하곤 했을 때 우리의 사랑은 위협받지 않았습니다.

아! 그때 나는 젊은 님프였고, 숲의 요정들은

나를 보려 자작나무 껍질을 반쯤 벌리곤 했습니다.

우리가 산책하는 동안 흘린 눈물,

황금처럼 순수한 눈물은 수정 같은 물속으로 떨어지곤 했습니다.

연인이여, 젊은 시절의 나날들을 어떻게 한 건가요?

내 마법의 나무에 열린 열매를 딴 것은 누구인가요?

아! 활짝 핀 당신의 뺨은

힘과 건강의 여신을 기쁘게 했습니다.

당신의 두 눈에서 분별없이 흐르는 눈물에 여신의 얼굴이 창백해졌습니다.

아름다움처럼, 당신은 미덕 또한 잃어버릴 겁니다.

유일한 친구로 당신을 사랑할 나,

화난 신들이 당신의 재능을 내게서 빼앗게 되는 날,

내가 하늘에서 떨어지면, 당신은 내게 무어라 대답할 건가요?

시인

숲 속의 새는 자신의 알이 깨진 둥지가 있는 나뭇가지 위를
이리저리 날아다니고 아직도 노래하기에,

여명에 살그머니 벌어진 들판의 꽃은,

잔디 위에 다른 꽃이 피는 것을 보고는,

불평 없이 몸을 굽히고 밤과 함께 죽어간다오.

숲 속 깊숙이, 녹음의 지붕 아래,

죽어버린 나무가 오솔길에서 바스락거리는 소리가 들린다

오.

불멸의 자연을 가로지르며,

전해 내려오는 지혜에서 인간이 발견한 것은,

계속 전진하고 계속 망각하는 것뿐.

바위에 이르기까지, 모두가 먼지로 변하기에,

내일 다시 태어나기 위해 오늘 밤 모두가 죽어가기에,

살인과 전쟁은 비료이기에,

무덤의 흙 위로

우리에게 빵을 주는 신성한 풀의 싹을 보기에,

오, 뮤즈여! 죽음이건 삶이건 내게 무엇이 중요한가?

나는 사랑하고, 창백해지고 싶소. 사랑하고 고통 받기를 원

하오.

나는 사랑하고, 한 번의 입맞춤에 나의 재능을 내어준다오.

나는 사랑하고, 내 야윈 뺨 위로

마르지 않는 샘이 흐르기를 원한다오.

나는 사랑하고, 기쁨과 나태와

터무니없는 경험과 한때의 근심을 노래하기 원한다오.

그리고 나는 연인 없이 살기로 굳게 결심한 후에,

사랑에 죽고 사랑에 살고자 맹세했노라고
끊임없이 이야기하고 되풀이해 말하기를 원한다오.

모든 이들 앞에서 당신을 괴롭히는 오만을,
쓰라림으로 가득 차고, 닫혀 있다고 스스로 생각하는 심장
을 벗어버리시오.
사랑하시오, 당신은 다시 태어나리니. 꽃을 피우기 위해 꽃
이 되시오.
고통을 당한 후에, 더 고통 받고,
사랑한 후에 끊임없이 사랑해야 한다오.

시월의 밤

시인

내게 고통을 안겨준 불행은 꿈처럼 사라졌소.
나는 그 먼 기억을
여명에 이는 가벼운 안개와
흔적도 없이 사라지는 이슬에 비교할 수 있을 뿐.

뮤즈

대체 무슨 일이 있었나요, 오, 나의 시인이여!
당신과 나를 갈라놓은
비밀스러운 고통이 무엇인가요?
아! 아직도 그것이 느껴지는데.
내가 모르는,
그토록 오랫동안 나의 눈물을 자아낸 그 불행은 대체

무엇인가요?

시인

그것은 통속적이고 사람들이 익히 알고 있는 불행이었소.
하지만, 우리의 마음속에 얼마간의 번민이 있을 때,
가련한 미치광이인 우리는, 우리보다 앞서
고통을 느낀 자는 없으리라 상상한다오.

뮤즈

그것은 통속적인 영혼을 가진 자의
통속적인 슬픔에 지나지 않았습니다.
친구여, 이 슬픈 비밀이
오늘 당신의 마음속에서 빠져나가기를.
나를 믿으세요, 자신 있게 말하세요.
준엄한 침묵의 신은
죽음과 한 형제랍니다.
고통으로 신음하며 우리는 마음을 달래고,
이따금 한마디 말이
우리의 회한을 덜어줍니다.

시인

이제 내 고통에 대해서 이야기해야 한다면,
거기에 어떤 이름을 붙여야 할지 모르겠소.
사랑인지, 광기인지, 자존심인지, 경험인지,
세상 어느 누구에게도 도움이 되지 않을지도 모르겠소.
하지만 나는 당신에게 그 이야기를 하고자 하오,
우리는 단둘이 벽난로 옆에 앉아 있으니.
칠현금을 들고 가까이 오시오, 그리고 당신의
노랫소리로 내 기억을 서서히 깨우시오.

뮤즈

내게 당신의 고통에 대해 말하기 전에,
오, 시인이여! 당신의 고통은 치유되었나요?
오늘 당신은
사랑이나 증오 없이 그 이야기를 해야 한다는 점을 잊
지 마세요.
내가 위안자라는 기분 좋은 이름을
얻었다는 것을 기억한다면,
나를 당신을 그르친
정열의 공범자로 만들지는 마세요.

시인

그 병에서 완전히 치유되었기에,

그것에 대해 생각하려고 할 때 이따금 나는 그것을 믿을 수
없다오.

내 생명을 걸었던 장소를 생각할 때,

나 대신 낯선 얼굴을 보는 듯한 생각이 든다오.

뮤즈여, 그러니 두려워하지 마오. 당신에게 영감을 주는 숨
결에

위험 없이 우리 둘을 맡길 수 있소.

잊을 수 있는 불행의 기억에

눈물 흘리고 웃음 짓는 것은 감미로운 일이라오.

뮤즈

사랑하는 아들의 요람을 지키는

세심한 어머니처럼,

나는 내게 닫혔던 이 심장에

떨면서 몸을 기울입니다.

말하라, 친구여, ── 약하고 구슬픈 음에 주의 깊은

내 칠현금은

이미 당신 목소리의 어조를 따릅니다.

하지만 한 줄기의 빛에는,

가벼운 환영처럼,

예전의 어두운 그림자가 지나갑니다.

시인

노동의 날들이여! 내가 살았던 유일한 나날들이여!

　　오, 세 배나 소중한 고독이여!

이 낡은 서재에 나 다시 돌아왔으니,

　　신이여 축복받으라!

초라한 거처, 그토록 자주 내게 버림받은 벽,

　　먼지 쌓인 소파, 변함없는 램프여,

오, 나의 궁전, 오, 나의 작은 우주여,

　　그리고 당신, 뮤즈여, 오, 젊은 여신이여,

신이여 축복받으라, 우리 노래하리니!

　　그렇소, 나는 당신께 내 영혼을 열고자 하오.

당신은 모든 것을 알게 될 것이오, 나는 당신에게

　　한 여인이 저지를 수 있는 죄에 대해 이야기할 것이오.

왜냐하면 그녀는 한 여인이고, 오, 불쌍한 내 친구들이여

　　(아! 당신들은 아마도 그것을 알고 있었소.)

왜냐하면 그녀는 노예가 주인에게 복종하듯,

　　내가 복종한 여인이기 때문이오.

혐오스러운 멍에여! 내 심장이

　　힘과 젊음을 잃은 것은 그 때문이라오. ——

하지만, 연인의 곁에서,

　　　나는 어렴풋이 행복을 느꼈소.

시냇가에서, 함께 산책할 때,

　　　저녁이면, 은빛 모래 위에서,

우리 앞의 유령처럼 흰 사시나무가

　　　멀리 길을 가리킬 때,

달빛에, 나는 아름다운 그녀가

　　　내 품에서 휘어지는 것을 본다오……

더 이상 그 이야기는 하지 맙시다…… ──운명이

　　　어느 곳으로 나를 이끌지는 모른다오.

아마도 그때는 신들의 분노에

　　　희생자가 필요했나보오.

왜냐하면 그녀는 행복해지려 한 죄로

　　　나를 벌했기 때문이오.

뮤즈

　　　감미로운 기억의 이미지가

　　　방금 당신의 마음에 떠올랐습니다.

　　　당신은 왜 그것이 남긴 흔적으로

　　　되돌아오기를 두려워하나요?

　　　기억 속의 아름다운 날들을 부인하는 것이

　　　사실에 충실하게 이야기하는 건가요?

당신의 운명이 잔인했다면,
젊은이여, 적어도 그것처럼 하세요,
첫사랑에 미소 지으세요.

시인

아니오, ──나는 내 불행에 미소 지으려 하오.
뮤즈여, 당신에게 이미 이야기했소. 흥분하지 않고,
나의 권태, 나의 꿈, 나의 광기를,
그때를, 시간과 장소를
당신에게 이야기하고자 한다는 사실을.
기억나오, 서글프고 차가운,
오늘 같은 가을밤이었소.
속삭이는 바람은, 그 단조로운 소리로,
내 머릿속 불길한 생각을 달래주고 있었소.
연인을 기다리며, 창문가에 있었소.
어둠 속에서 귀를 곧추세우고,
나는 영혼 속에서 연인을 의심하는
비탄을 느끼고 있었소.
내가 사는 거리는 어둡고 텅 비어 있었소.
손에 초롱을 들고 지나가는 그림자가 몇 개 있었을 뿐.
반쯤 열린 문으로 삭풍이 불어 휘파람 소리를 낼 때,
멀리서 사람의 한숨 소리 같은 것이 들렸다오.

사실대로 말하자면, 그때 불안으로 가득 찬 내 정신은
어떤 불길한 예감에 빠져 들었는지 모른다오.
조금 남아 있는 용기를 추슬렀지만 소용없는 일이었소.
시계가 울렸을 때, 떨고 있는 나를 느꼈소.
그녀는 오지 않았다오. 홀로, 고개 숙인 채,
나는 오랫동안 벽과 길을 바라보았소, ──
그 바람둥이 여인이 내 가슴에 얼마나 엄청난 불을
질러놓았는지 당신에게는 말하지 않았소.
세상에서 그녀만을 사랑했고, 하루라도
그녀 없이 산다는 것은 죽음보다 끔찍한 운명 같았소.
하지만 그 잔인한 밤 속박에서 벗어나기 위해
기나긴 노력을 했음을 기억하오.
그녀가 부정(不貞)하고 불성실함을 수백 번이나 되뇌었고,
그녀가 초래한 모든 불행을 되새겼소.
아! 그녀의 치명적인 아름다움에 대한 기억은
어떤 불행과 슬픔도 누그러뜨리지 못했다오!
마침내 날이 밝았소. ── 헛된 기다림에 지쳐,
발코니가에서 졸고 있었소.
밝아오는 여명에 눈꺼풀을 다시 열었소,
눈이 부셔 시선을 어디에 둘지 몰랐소.
갑자기, 좁은 골목길 모퉁이,
자갈길 위에서 작은 걸음 소리가 들렸소……
신이시여! 저를 보호하소서! 알아볼 수 있습니다, 그녀입니

다.

그녀가 들어옵니다. ──어디서 오는 길이오? 이 밤 무엇을
했단 말이오?

대답하시오, 내게 무엇을 원하오? 이 시간 누가 당신을 데
려다 주었소?

이 아름다운 몸은, 날이 밝을 때까지, 어디에 누워 있었소?

이 발코니에서, 나 홀로, 뜬눈으로 밤을 지새우며 눈물짓는
동안,

어느 곳, 어느 침대에서, 당신은 누구에게 미소 지었소?

부정한 여인이여! 뻔뻔한 여인이여! 나의 입맞춤에

당신의 입술을 허락하는 것이 아직도 가능하다니?

도대체 당신은 무엇을 원하오? 어떤 끔찍한 목마름으로

감히 나를 피곤에 지친 당신의 품속으로 끌어들이는 거요?

가시오, 물러가시오, 내 연인의 망령이여!

무덤에서 나왔거든, 무덤으로 되돌아가시오.

영원히 내 젊음을 망각하도록,

당신을 생각할 때는, 꿈을 꾼 것이라 믿도록 나를 내버려두
시오.

뮤즈

진정하세요, 제발 부탁입니다.

당신의 말에 내 몸은 떨립니다.

오, 사랑하는 이여! 당신의 상처는
아직 금방이라도 다시 열릴 듯하군요.
아! 상처가 그리도 깊은가요?
이 세상의 불행은
그토록 서서히 사라지는 것을!
잊으세요, 아이여, 당신의 영혼에서
입 밖에 내고 싶지 않은
그 여인의 이름을 지우세요.

시인

최초로 내게 배신을 가르쳐준,
공포와 분노로
이성을 잃게 한,
당신에게 치욕을!
당신에 대한 운명적 사랑으로
나의 봄과 아름다운 나날들이
어둠 속에 묻혀버린
검은 눈의 여인, 당신에게 치욕을!
행복의 겉모습까지
저주하도록 가르쳐준 것은
당신의 목소리, 당신의 미소,
퇴폐적인 당신의 눈길이라오.

나를 절망하게 한 것은
당신의 젊음과 매력이오.
내가 눈물을 믿지 않는 것은,
당신의 눈물을 보았기 때문이오.
당신에게 치욕을, 나는 여전히
어린아이처럼 순진했다오.
새벽빛에 꽃이 열리듯
당신에 대한 사랑에 나의 심장이 열렸소.
분명 보호막 없는 이 심장은
쉽사리 함부로 다루어질 수 있었소.
하지만 그것을 순수하게 놓아두는 것이
훨씬 쉬운 일.
당신에게 치욕을! 당신은 내 최초의 고통을 낳은
어머니였소,
당신은 내 눈꺼풀에서
눈물의 샘이 솟게 했소!
샘이 흐른다오, 이 샘은
무엇으로도 마르지 않을 것이오.
그것은 영원히 치유되지 않을
상처로부터 나온다오.
하지만 짜디짠 이 샘에서
적어도 나는 내 몸을 씻을 것이고,
바라건대, 당신에 대한 혐오스러운 기억을

그곳에 두고 올 것이오.

뮤즈

시인이여, 그만 하세요. 당신을 배반한 여인에 대한
당신의 환상이 단 하루밖에는 지속되지 않았다 하더라도
그녀에 대해 이야기할 때 그날을 모욕하지 마세요.
사랑받기 원한다면 당신의 사랑을 존중하세요.
타인으로부터 받은 고통을 용서한다는 것이
연약한 인간에게는 너무도 힘든 일이라면
적어도 미워하는 괴로움만은 피하세요.
용서할 수 없다면 잊어버리세요.
사자(死者)들은 대지의 품속에서 평화롭게 잠들어 있습니
다.
우리의 지난 사랑도 이렇게 잠들어야 해요.
심장의 이 소중한 기념물에도 먼지가 앉는 법이니,
그 성스러운 유골에 손대지 말도록 해요.
왜 당신은 이 쓰라린 고통의 이야기에서
꿈과 배신당한 사랑만을 보려 하나요?
신이 이유 없이 행동하시나요?
당신에게 고통을 주신 신이 경솔한 분이라고 생각하나요?
당신이 신음하고 있는 고통이 아마도 당신을 지켜주었을
거예요,

오
월
의
밤

아이 같은 사람이여. 당신의 가슴이 열린 것은 그 때문입니다.

인간은 초심자이고 고통은 그 스승이에요,

고통을 겪지 않고는 아무도 자기 자신을 알 수 없답니다.

우리가 불행의 세례를 받아야만 하며,

이 슬픈 대가를 치르고야 모든 것이 이루어진다는 사실은

세상이나 운명과 같이 오래된

가혹하지만 최고의 법칙이에요.

곡식이 익으려면 이슬이 필요하듯,

인간이 살고 느끼려면 눈물이 필요해요.

기쁨의 상징은 아직 비에 젖고 꽃으로 덮인

꺾어진 풀잎이에요.

당신은 젊고, 행복하고, 어디서나 환영받는 사람이 아닌가요?

당신이 눈물 흘린 적 없었다면

삶을 사랑하게 만드는 이 작은 기쁨을 소중히 생각할 수 있었을까요?

석양 무렵 히스가 무성한 황야에 앉아

오랜 친구와 함께 마음 편히 술 한 잔 기울일 때,

기쁨의 가치를 느껴보지 않았다면

말해보세요, 똑같이 기쁜 마음으로 술잔을 들 수 있을까요?

만일 당신이 그 속에서 옛 고통의 흔적을 다시 발견하지 못한다면

꽃과 풀밭과 초목의 푸름을,

페트라르카의 소네트와 새들의 노랫소리를,

미켈란젤로와 예술을, 셰익스피어와 자연을 사랑할 수 있
을까요?

당신이 어느 먼 곳에서 열과 불면으로 인해

영원한 휴식을 생각해본 적이 없다면

하늘의 숭고한 조화를,

밤의 침묵과 파도의 속삭임을 이해할 수 있을까요?

지금 당신은 아름다운 연인을 갖고 있지 않은가요?[75]

잠들면서 그녀의 손을 잡을 때,

젊은 시절의 불행에 대한 먼 기억으로 인해

당신의 숭고한 미소는 더 부드러워지지 않나요?

당신들은 또 꽃이 만발한 숲 속을, 은빛 모래 위를

함께 산책하러 가지 않나요?

이 초록의 궁전에서, 유령처럼 흰 사시나무는

저녁이 되어도 더 이상 당신에게 길을 가르쳐줄 수 없지 않
나요?

그때 당신은 달빛에

예전처럼 당신의 품속에서 아름다운 육체가 휘어지는 것을
보지 않나요?

당신이 오솔길에서 운명의 여신을 발견한다면,

당신은 노래 부르며 그녀의 뒤를 따라가지 않을 건가요?

도대체 무엇을 불평하는 건가요? 불멸의 희망이

불행의 손길 아래 당신 안에서 강해졌어요.

왜 젊은 날의 경험을 증오하고

당신을 더 훌륭하게 만든 불행을 미워하나요?

오, 나의 어린아이 같은 이여! 오래전 당신을 눈물짓게 했던

당신을 배반한 아름다운 여인을 불쌍히 여기세요.

그녀를 불쌍히 여기세요! 그 사람은 여자이며, 신은

당신이 그녀 곁에서 고통 받으며 행복한 자의 비밀을 깨닫게 하셨습니다.

그녀의 임무는 괴로운 것이었어요. 아마도 그녀는 당신을 사랑했을 거예요.

하지만 운명은 그녀가 당신의 가슴을 찢기를 원했어요.

그녀는 삶을 알았고, 당신에게도 삶을 가르친 것이죠.

다른 여인이 당신에게서 고통의 열매를 거두었어요.

그녀를 불쌍히 여기세요! 그녀의 슬픈 사랑은 꿈같이 지나가버렸어요.

그녀는 당신의 상처를 보았으나 그것을 아물게 할 수는 없었어요.

그녀의 눈물이 모두 거짓은 아니었어요.

설사 모두 거짓이었다 해도, 그녀를 불쌍히 여기세요! 당신은 사랑할 줄 아니까요.

시인

당신의 말은 사실입니다. 증오는 불경하고,
선잠이 든 이 독사가
우리의 심장에서 똬리를 풀 때
그것은 혐오로 가득 찬 전율이라오.
그러니 내 말을 들으시오, 오, 여신이여!
우리 맹세의 증인이 되어주시오.
내 연인의 푸른 눈에 걸고,
창공의 푸름에 걸고,
떨고 있는 진주처럼,
멀리 지평선에서 반짝이는
여신 비너스의 이름을 지니는
이 빛나는 불꽃에 걸고,
자연의 위대함에 걸고,
조물주의 선함에 걸고,
나그네에게 소중한 별의
고요하고 순수한 빛에 걸고,[76]
들판의 풀에 걸고,
숲에 걸고, 푸른 초원에 걸고,
생명의 강인함에 걸고,
우주의 정기에 걸고,
나는 당신을 내 기억에서 몰아낸다오.

어리석은 사랑에서,
과거에서 잠들게 될
신비하고 어두운 이야기만 남게 되기를!
예전,
친구라는 감미로운 이름과 형상을 지녔던 당신,
당신을 잊게 될 지고의 순간은
용서의 순간이 되어야 하오.
우리 서로를 용서합시다. ──나는
우리를 신 앞에서 맺어준 마법을 푼다오.
마지막 눈물로
영원한 이별의 말을 받아주오.
──이제, 꿈꾸는 금발의 여인이여,
이제, 뮤즈여, 우리 사랑에 이별을!
아름다운 나날이 시작되던 무렵처럼,
내게 얼마간 즐거운 노래를 해주오.
벌써 향기로운 잔디는
다가오는 아침을 느낀다오.
다가와 내 연인을 깨우고,
정원의 꽃을 꺾으시오.
다가와 잠의 베일에서 나오는
불멸의 자연을 보시오.
태양 최초의 빛이 비칠 때,
우리는 자연과 함께 다시 태어날 것이오.

라마르틴 선생에게 보내는 편지

위대한 바이런이 라벤나[77]를 떠나
영원한 권태를 영웅처럼 끝낼
어느 먼 해변을 찾아 바닷가로 가려 했을 때,
연인의 발밑에 앉아 있던 그는,
창백한 얼굴로, 그 시절 그의 연인이던 구이치올리[78]를
이미 그리스를 향해 몸을 돌리게 하고는,
어느 날 저녁 자신의 이야기가 담긴 책을 펼쳤습니다.

라마르틴이여, 그 당시의 기억을,
추방자들의 왕자에게 바쳐진 시를 간직하고 있나요,
그 시를 쓴 사람을 아직도 기억하나요?[79]
당신은 그때 젊었습니다, 우리의 소중한 명예인 당신은.[80]
당신은 방금 손가락 아래서 떨려 울리는
흐느끼는 듯한 아름다운 칠현금을 생전 처음 켜보았습니다.

하늘이 당신과 맺어준 뮤즈,

여전히 불안을 느끼는 동정녀, 월계수의 연인은

꿈꾸는 듯한 이마 위에서 당신의 생각을 찾고 있었습니다.

당신은 알지 못했습니다, 프랑스의 고귀한 아들이여,

당신은 알지 못했습니다, 그의 고통을 통해서가 아니고는,

숭고하고 오만한, 당신이 글을 바친 그 사람을.

무슨 권리로 감히 그에게 말을 걸고, 그를 불쌍히 여겼나
요?

어떤 독수리가, 가니메데스[81]여, 당신을 그 신에게 이끌었
나요?

언젠가는 그에게, 그때 저 높은 곳에서 당신 이야기를 듣고
있던 그에게

도달할 수 있다는 예감을 가졌던가요?

아닙니다, 당신은 스무 살이었고, 심장은 고동치고 있었습
니다.

당신은 〈라라〉, 〈맨프레드〉, 〈해적〉을 읽었고,

눈물을 닦지 않고 시를 썼습니다.

당신은 바이런의 입김에 대지에서 일어나,

그의 고통에 기대어, 그에게로 갔습니다.

당신은 멀리서 그 절망한 영혼을 부르고 있었습니다.

그가 아무리 위대하게 보여도, 당신은 그를 친구로 느꼈고,

푸른 계곡의 급류처럼,

그가 가진 천재성의 메아리가 당신 안에서 구슬픈 소리를

내고 있었습니다.

　그리고 여전히 완전무장한 유럽이[82]

　떨면서 그의 거친 음악회를 듣고 있었습니다.[83]

　십 년 전부터 명성을 멀리해온 그는,

　세상을 자신의 고독으로 가득 채웠습니다.

　우울에서 영감을 얻은 그는,

　부러움을 받는 데 지쳐 순교자가 되었습니다.

　가련한 이탈리아의 최후의 연인인 그는,

　마지막 유배를 위해 떠날 채비를 합니다.

　인간의 위대함에 신물이 난 그는,

　다가오는 죽음을 느끼며 노래하는 백조처럼,

　주위의 대지에서 목숨 바칠 대상을 찾고 있었습니다……

　그는 연인이 읽어주는 시구를,

　멀리서 들려오는 미지의 한 젊은이의 부드러운 인사를 들
었습니다.

　그가 문체의 화려함을 이해했는지는 잘 모릅니다.

　그는 자신의 눈 속에서 슬픔이 미소 짓게 내버려두었습니
다.

　가슴으로부터 나온 것은 그에게는 반가운 것이었습니다.

　시인이여, 너의 충실한 뮤즈가,

　단 하나뿐인 너의 사랑으로 인해 불멸을 확신하고,

　네 이마에 꽃핀 마편초관을 씌워준 지금,

이제 네 차례다, 위대한 바이런처럼 이제 너, 나의 시를 받아들여라.

너에게 필적하려는 희망은 결코 품어본 적 없다.

하늘이 너에게 준 것, 아무도 나에게 그것을 약속해주지 않았고,

너의 운명과 나의 운명 사이의 거리는 더욱 멀기에,

우리를 친구로 만들 수 있는 신은 더욱 위대하리라.

나는 네게 헛된 찬사를 보내지 않으련다.

네가 내게 답을 보내리라는 생각도 하지 않는다.[84]

그러기 위해, 이 유명한 편지 왕래가

내가 아닌 다른 이름으로 서명되었으면 한다.

세상에 지쳤다고 오랫동안 생각해왔다.

의심했다고 생각하며, 부인한다 말했고,

허영심으로 가득 차, 앞에서 지나가는 내 그림자를

깊은 밤으로 여겼다.

시인이여, 사랑한다고 말하려 나는 네게 글을 쓴다.

슬픔과 극도의 고통의 날,

한 줄기 태양빛이 내게까지 비치고,

내가 쏟은 눈물에 네 생각이 나는구나.

우리 중에, 라마르틴이여, 젊은 시절,

그 노래, 열렬히 사랑하는 연인들의 노래[85]를 외우지 못한 이가 누구였을까?

어느 저녁, 호숫가에서, 네가 슬프게 노래한 것은 무엇이었나?

네 연인이 말하던 신비한 시를

수천 번 읽지 않은 자, 끊임없이 반복해 읽지 않은 자,

하늘처럼 깊고 물결처럼 순수한

그 숭고한 흐느낌에 오열하지 않은 자가 누구였을까?

아! 거짓 사랑에 대한 기나긴 후회,

발을 내디딜 때마다 발견하는 시간의 폐허,

덧없는 빛의 끝없는 고랑,

인간이라면 모르는 자 누구리오?

사랑을 해본 이는 누구나 상처를 지닌다.

누구나 가슴속에 상처가 있고, 상처는 언제나 벌어질 수 있다.

누구나 내부에 소중하고 비밀스러운 고통을 간직하고 있고,

심하게 상처받은 사람일수록 거기에서 치유되려 하지 않는다.

네게 이야기를 할까, 바로 너, 고통의 시인에게,

나 또한 너와 같은 영광스러운 불행으로 고통 받았음을,

한순간, 너처럼, 이 드넓은 하늘 앞에서,

내 두 팔로 삶과 희망을 껴안았지만,

너의 꿈처럼 나의 꿈도 사라져버렸음을?

어느 저녁, 향기로운 미풍에,

너처럼, 행복의 평화 속에 잠이 든 나는,
사랑하는 연인의 목소리가 지니는 천사와 같은 억양에
시간이 내 심장 속에서 멈추는 것을 느꼈다고 생각했음을?
어느 저녁, 홀로 대지에 남아,
너처럼, 끔찍한 기억에 괴로워하던 나는,
나 자신의 불행과,
한 아이가 죽지 않고 겪을 수 있는 것에 놀랐음을 네게 이야
기할까?
아! 그 견디기 힘든 순간 나의 느낌을,
감히 그것을 한탄하고 네게 이야기할까?
말로 표현할 수 없는 고통을 어떻게 나타낼까?
너 다음에, 네 앞에서, 아직도 그것이 가능할까?
그렇다, 혐오와 매혹으로 가득 찬 그 운명의 날에 대해,
너에게 사실을 말하려 한다.
이것은 노래가 아닌 눈물일 뿐.
나는 네게 신이 내게 들려준 이야기를 하려고 한다.

초가집으로 되돌아오는 노동자가,
어느 저녁, 자신의 밭이 벼락에 황폐해진 것을 발견하고는,
자신을 의심하고, 하늘에 해답을 구하며,
우선은 어떤 꿈에 두 눈이 홀린 것이라 믿는다.
사방에 밤은 어둡고, 대지는 불타고 있다.
그는 주위에서 반쯤 열린 문지방 위

아내가 기다리던 자리를 찾는다.

그는 황폐해진 밭 가운데서 한 줌의 재를 발견한다.

옷을 반만 걸친 아이들이 무성한 히스 사이에서 나와

초가지붕 밑에서 끔찍한 비명 소리와 함께

가엾은 어머니가 죽었음을 이야기하러 다가온다.

지금 저 먼 곳은 온통 침묵에 잠겨 있고,

그 불쌍한 남자는 아이들의 이야기에 자신이 파산한 사실
을 깨닫고

절망으로 아들들을 가슴에 껴안는다.

구걸을 하지 않는다면, 그에게 남은 것이라곤

그날 저녁의 굶주림과 내일의 죽음뿐.

짓눌린 가슴에서는 흐느낌도 나오지 않으니.

말을 잃고 비틀거리며, 힘없이 아무런 생각도 없이

그는 따로 떨어져 앉는다, 두 눈은 지평선을 응시한 채,

타버린 수확물이 사라지는 모습을 보며,

자욱한 연기의 검은 소용돌이 속에

불행에의 도취가 그의 이성을 앗아간다.

그처럼, 부정한 연인에게 버림받았을 때,

나는 처음 고통을 알았고,

갑자기 피 묻은 화살에 찔려,

홀로, 내 심장의 밤에 주저앉았다.

맑은 물결이 이는 호숫가도,

작은 언덕 비탈의 꽃 핀 풀 위도 아닌.
눈물에 잠긴 내 두 눈은 허공만 바라보고,
억눌린 흐느낌은 작은 메아리도 깨우지 못했다.
파리라 불리는 이 거대한 시궁창의
어둡고 구불구불한 길이었다.
내 주위의 군중들은
불행한 자들의 외침을 듣지 못하고 즐거이 소리친다.
더러워진 포도(鋪道) 위에서는 창백한 초롱이
밤보다 더 슬픈 희미한 빛을 뿌리고
우연히 이 희미하고 흐릿한 불을 따라,
소리 나는 곳을 향해, 어둠 속을 지나고 있었다.
묘한 기쁨 같은 것이 사방에 울려 퍼지고 있었다.
때는 이월, 카니발의 계절이었다.
술 취한 가면들이 진흙탕 속에서 마주쳐 지나며,
욕설이나 진부한 노래의 후렴구를 내뱉곤 했다.
사륜 마차의 열린 문틈으로 가득 탄 사람들이
비 내리는 하늘 아래 이따금 보였다가,
불타는 포도주 아래 추잡한 찬송가를 요란스레 부르며
제정신을 잃은 도시 속으로 멀리 사라지곤 했다.
노인들, 아이들과 여자들은
카바레 구석에서 포도주 찌꺼기를 마셔대고 있었고,
그동안 더러운 밤의 여사제들은
여기저기 불안에 찬 그들의 망령을 끌고 다녔다.

로마 시민들에게 소중했던 그 유명한 밤들 중 하루
정숙지 못한 비너스가 비밀스러운 사원에서,
한 손에는 횃불을 들고, 머리를 헝클어뜨린 채 나왔던
고대 방탕의 초상화라 했을 수도 있다.
정의로운 신이시여! 그런 밤에 홀로 눈물짓다니!
오, 나의 유일한 사랑이여! 내게 무슨 짓을 한 것인가?
너는 나를 떠날 수 있었지, 그 전날
네가 나의 생명이며 신이 그 사실을 아신다고 맹세한 너는?
아! 너는, 차갑고 잔인한 친구여, 너는 알고 있었느냐?
이 치욕과 이 어둠을 가로질러,
하늘의 별과도 같은, 사랑스러운 너의 램프의
떨리는 빛을 바라보며, 내가 있었다는 사실을.
아니, 너는 아무것도 알지 못했다, 나는 너의 그림자를 보
지 못했다.
네 손은 커튼을 열지 않았고,
너는 하늘이 어두운지 보지 않았다.
너는 그 끔찍한 무덤에서 나를 찾지 않았다!

라마르틴이여! 이곳이었다, 이 어두운 길,
교차로 깊숙이, 경계석 위에 앉아,
두 손을 심장 위에 얹고, 상처를 움켜쥔 채,
저항할 수 없는 사랑이 흘리는 피를 느낀 것은.
이곳이었다, 치욕과 비탄의 그 밤,

"오늘 저녁 눈물짓는 너, 너는 그들처럼 웃지 않았느냐?"라고

지나가며 내 젊음에 외치는 것 같았던

광란하는 사람들의 흥분의 한가운데였다.

이곳이었다, 이 벽에 내 머리를 내리친 것은,

감히 두 번이나 내 맨가슴에 칼을 가져간 것은.

이곳이었다, 믿을 수 있겠는가? 순결하고 고귀한 시인이여,

내가 너무도 훌륭한 네 노래를 기억했다는 것을.

오, 사랑을 아는 너, 대답해다오, 엘비르의 연인이여,

이해할 수 있겠는가, 연인들이 떠나고 서로에게 작별의 말을 한다는 사실을?

이해할 수 있겠는가, 손이 그 말을 쓸 수 있고,

심장은 그곳에 서명하고, 조금 전 신 앞에서 키스로 하나 된 입술,

입술이 그 말을 할 수 있다는 사실을!

이해할 수 있겠는가, 불멸의 영혼 속에서

모르는 사이 매일 더 깊어지는 관계를.

그것은 우리에게서 반항의 의지를 뿌리 뽑고,

우리의 심장을 그 신비한 망에 연결시킨다.

매듭과 짜임이 바위와 금강석보다도 더 단단한

강력한 관계이므로.

시간도, 쇠도, 불길도,

죽음조차 두렵지 않은, 연인들의 유골이

무덤에서도 사랑하게 만드는.
이해할 수 있겠는가, 십 년 동안 그렇게 결합되었지만,[86]
그것이 갑자기 깨져, 둘 중 한 명이 길을 잃고,
행복하게 산다고 믿었던 우리가 공포에 떨게 된 지
십 년이 지나지 않았다는 사실을?

오, 시인이여, 신중한 걸음으로 확실한 목표를 향해 걸어가
는,
십자가를 지닌 채 지친 발걸음을 다시 옮겨야 하는,
이 세상에서 한 번은 죽어야 하는,
인간의 본성은 가혹하구나.
우리로 하여금 끊임없이 모든 것을 가지게 하고, 모든 것을
떠나게 만드는,
불행을 바꾸려는 이런 필요성이,
지상에서 어떤 다른 이름으로 불리건 간에,
우리의 시간은 갈망하며 지나기 때문이니.
희망에 지쳤다고 언제나 되뇌는,
항상 변모할 준비가 된,
그토록 다양한 존재의 그렇게 많은 변화는,
주검, 끔찍한 주검이 아닌가?
무덤과도 같은 심장이여, 고독이여!
정열은 어떻게 습관이 되고,
인간은 어떻게 비틀거리지 않고,

자신의 유해(遺骸) 위를 걸어갈 수 있는가?

하지만 인간은 그곳을 걸어간다. 그를 그곳으로 초대한 것
은 바로 신.

그는 사방에 욕망, 두려움, 분노, 걱정, 권태의 씨를 뿌리고

자신의 삶을 낭비하며 간다.

모든 것은 지나가고 사라지는 마음속 망령.

불쌍한 그의 심장은 그렇게 만들어지고,

거기에서 끊임없이 폐허가 나와야 한다.

죽음이 그 끝이라는 사실을 그는 안다.

죽음을 향해 내딛는 매 발자국마다 그는 죽는다.

친구들 품에서, 아들 품에서, 아버지 품에서 그는 죽는다.

눈물지으며, 희망을 품으며 그는 죽는다.

땅에 묻혀야 하는 육체는 말하지 말고,

잊는다는 것은 대체 무엇이더냐, 죽는 것이 아니라면?

아, 그것은 죽음 이상의 것. 그것은 자신보다 오래 살아남
는 것.

사랑하는 사람을 잃었을 때, 영혼은 다시 하늘로 올라간다.

산송장 같은 우리가 남겨질 뿐.

절망이 우리를 사로잡고, 무가 우리를 기다리네.

아, 좋건 나쁘건, 굳건하건 약하건,

겸손하건 오만하건, 슬프건 쾌활하건, 언제나 신음하는

그 사람, 있는 그대로의 그, 흙으로 빚어진 존재,

너는 그를 보았다, 라마르틴이여, 그의 피는 너의 피.

그의 행복은 너의 행복, 그의 고통은 너의 고통이니.

그는 세상 고통을 견뎌야 하리.

너와 관련 없고, 네게 속하지 않는 불행은 없으니.

친구여, 너는 노래하고 눈물 흘릴 줄 알기 때문이니.

말해다오, 슬픔의 나날 동안 너는 무슨 생각을 했느냐?

네가 의견을 물었을 때, 불행은 무어라 하더냐?

친구에게 속고, 연인에게 배신당한

너는 하늘과 너 자신을 의심했느냐?

아니, 알퐁스, 결코 그렇지 않네. 슬픈 경험은

우리에게 재를 가져오지만 불을 끄지는 않지.

너는 신의 섭리로 만들어진 불행을 존중하지,

너는 그것을 묵인하고 너의 신을 믿겠지.

그가 누구이건, 그는 나의 신. 두 개의 믿음은 존재하지는

않는 법.

나는 그의 이름을 몰라, 하늘을 바라보았다.

나는 하늘이 신에 속한다는 사실을, 하늘이 드넓다는 사실

을 안다.

거대함이 둘에게 속할 수는 없는 법.

아직 젊었을 적 나는 혹독한 고통을 알았지.

초록으로 물드는 숲을 보았고, 사랑을 시도했지.

나는 대지가 희망을 삼켜버리는 것을,

결실을 거두기 위해서는 씨를 뿌려야 한다는 것을 안다.
내가 느낀 것, 네게 쓰고자 하는 것은,
고통의 천사가 가르쳐준 것.
나는 그것을 더 잘 알고 네게 더 잘 말할 수 있다,
천사의 검이 파고들어 내 심장에 그것을 새겨놓은 탓이다.

한 순간 너를 흔들어놓는 덧없는 피조물이여,
너는 무엇을 한탄하고, 무엇에 신음하느냐?
너는 네 영혼에 불안해하고, 너는 영혼이 눈물짓는다고 생
각하지.
영혼은 영원하고, 눈물은 마르리라.

너는 심장이 여인의 변덕에 사로잡혀 있다고 느끼고,
너무도 고통 받아 부서진다 말하지.
너는 영혼의 고통을 덜어달라 신에게 부탁하지.
네 영혼은 영원하고, 심장은 치유되리라.

한순간의 회한에 너는 흔들리고 괴로워하지.
너는 과거가 너의 미래를 덮었다고 말하지.
어제를 한탄하지 말아라, 새벽이 오게 두어라.
네 영혼은 영원하고, 시간은 빠르게 지나가리라.

너의 육체는 머릿속 불행으로 쇠약해진다.
너는 머리가 무겁고 다리가 휘청대는 것을 느낀다.
쓰러져라, 무릎을 꿇어라, 분별없는 피조물이여.
네 영혼은 영원하고, 죽음은 다가오리라.

관 속에서 너의 유골이 먼지가 되고,
너의 기억, 너의 이름, 너의 영광이 사라져도,
너의 사랑은 사라지지 않으리니, 사랑이 네게 소중하다면.
네 영혼은 영원하고, 사랑은 기억되리라.

라 말리브랑에게

스탕스

I

아직도 그녀에 대해 이야기하기에는 너무 늦어버린 것 같
다.
그녀가 떠난 지 보름이 지났다.[87]
이 나라에서는 보름 동안에
불과 얼마 되지 않은 죽음을 오래된 소식으로 만들어버린
다는 것을 나는 안다.
아쉬움이 어떤 이름으로 불리건 간에
온 나라 사람들은 곧 그것에 싫증을 낸다.

II

마리아 펠리시아여![88] 화가와 시인들은
숨을 거두며 불멸의 유산을 남긴다.

끔찍한 밤이 그들을 완전히 사로잡은 적은 결코 없다.
행동 대신에, 불안에 싸인 그들의 위대한 영혼은
죽음과 시간을 정복하려 한다.
싸움에 진 그들은 전사(戰士)로 죽는다.

III

그들의 영혼은 자신의 생각을 청동에 새겼다.
다른 사람이 거기에 황금빛 리듬으로 운율을 붙였다.
그것을 들은 이상 그 친구가 된다.
라파엘로는 죽으면서 캔버스 위에 그것을 남겼고,
무가 그에게 조금도 근접하지 않게 하기 위해서는
어머니 품에서 잠든 아이로 충분하다.

IV

등잔 속 변함없는 불꽃처럼
파르테논 신전 깊숙한 곳 인적 드문 대리석은
페이디아스[89])에 대한 영원한 기억을 간직한다.
프락시텔레스의 딸인 젊은 비너스는[90])
신성(神性) 속에 선 채 아직도
자신의 아름다움에 정복당한 무력한 세기에 미소를 보내고
있다.

V

시대를 가로질러 새로운 생명을 부여받으며
예전의 영광은 이렇게 신에게로 간다.
천재의 목소리에서 나오는 무한한 메아리는
이렇게 인류의 보편적인 목소리가 된다……
그런데 가련한 마리, 너에게서, 최근에 죽은 너에게서,
예배당 깊숙한 곳 우리에게 남은 것은 십자가 하나뿐!

VI

십자가 하나! 망각, 밤, 침묵!
들어보시오! 바람, 드넓은 대양,
큰 길 가에서 노래하는 어부.
그토록 많은 아름다움, 영광, 희망,
신에게서 받은 악기[91]의 그렇게 감미로운 수많은 화음 중
작은 한숨도, 먼 메아리도 남아 있지 않은데!

VII

십자가 하나! 돌 위에 쓰인 이름조차
네 것이 아닌 남편의 것.
네가 죽은 후 지상에 남겨놓은 이것.

너를 만나러 너의 마지막 집을 찾아갈 사람들은
우리로부터 사랑받았던 그 이름을 발견하지 못할 것이고,
기도하기 위해 어디에 무릎 꿇어야 할지 모를 테지.

VIII

오, 니네트여![92] 아름다운 황금빛 뮤즈여,
활짝 핀 산사나무 꽃 위의 가벼운 향기처럼
밤이면 영감에 가득 찬 너의 입술 위로 이리저리 날아다니
던,
사랑과 매력과 두려움으로 충만한 그 노랫소리는 어디 있
는가?
슬픔에 젖은 그 목소리는,
너의 심장과 맺어진 살아 있는 하프는
지금 어디에서 울리고 있는가?

IX

즐겁고 쾌활한 소녀여, 어제 일이 아니었나,
농담을 즐기는 당신의 영감은 코릴라[93]를 사랑했고,
라 로시나[94]의 역할을 맡아
룰라드[95]와 스페인 여인이 던지는 유혹의 눈길을 보낸 것
은?

오
월
의
밤

〈버드나무〉를 노래했을 때, 드러난 두 팔 위의 눈물은,
어제 일이 아니었나, 창백한 데스데모나여?[96]

X

어제 일이 아니었나, 한창 나이에
손에는 칠현금을 들고 유럽을 가로지른 것은.
웃으며, 헤엄치러 바다에 뛰어들고,
나폴리 하늘에 타란텔라 춤[97]곡을 노래하며,
천사와 사자의 심장, 지나는 자유로운 새,
오늘 밤에는 장난기 어린 아이, 내일은 신성한 예술가여?

XI

어제 일이 아니었나, 선망받고 축복받은 너
열광하는 사람들이 너의 마차를 늘 따라다닌 것은.
런던과 마드리드, 프랑스와 이탈리아가
너의 발밑으로 가져온 그토록 갈망하던 그 금,
너의 재능 대신 지불한 두 배나 신성한 그 금,
그 금을 발밑에 그대로 남겨둔 너의 자비심.[98]

XII

오, 숭고한 피조물이여, 길을 가다가
부자에게는 약간의 기쁨을, 가난한 자에게는 빵을 준
신의 아름다운 모습이여, 어찌하여 죽었는가?
아! 대체 누가 이렇게 어머니 자연에 상처 입히고,
먹이에 굶주린 어느 분별없는 죽음의 신이
감히 우리 중 가장 훌륭한 사람들에게 손을 대었나?

XIII

도대체 어둠의 천사에게는
이 시대의 위대한 이름이 거의 남아 있지 않은 것으로는 충
분치 않은가?
제리코,[99] 퀴비에,[100] 실러, 괴테와 바이런은
얼마 전부터 무덤의 평석(平石) 밑에 잠들어 있네.[101]
우리는 수많은 다른 유명한 사자(死者)가
반쯤 열린 심연 속으로 나폴레옹을 따라가는 모습을 보지
않았나?

XIV

아직도 우리에게 가장 소중한 사람들을 잃어야 하고,

그들 눈에 희망의 빛이 빛나자마자,
울면서 눈꺼풀을 닫으러 와야 하는가?
하늘은 선택받은 사람에겐 샘을 부리는가?
아! 아주 젊어서 죽을 때는 신들의 사랑을 받는 것이라는,
선조들의 말을 믿어야 하는가?

XV

아! 불과 얼마 전부터 생기에 찬 사람들이 얼마나 많이 떠
나갔는가!
오래된 실편백나무[102] 아래 새로운 버드나무가 얼마나 많은
가!
로베르의 재는 이제 겨우 차가워지고,[103]
벨리니는 쓰러져 죽는다![104] ──느린 임종의 고통이
피 흘리는 카렐[105]을 영원한 휴식으로 이끌고,
우리 세기의 문턱은 무덤으로 뒤덮여 있다.

XVI

우리가 만들어내자마자, 만족할 줄 모르는 어둠이 다가와
모든 것을 덮어버린다면 우리에게 남는 것은 무엇인가?
땅이 너무도 변하기 쉽다는 것을 이미 아는 우리는
수많은 잔해 위로 미래를 향해 걸어간다.

만일 바람이, 우리의 발밑에서, 이렇게 모래를 쓸어 가면,
예수님은 대체 우리가 어떤 슬픔으로 뒤덮이기를 원하시는
것인지?

XVII

아! 마리에타, 너는 계속 우리에게 남아 있구나.
밭고랑 위에서, 여명에 새가 노래할 때,
농부는 멈춰 서고, 이마에는 땀이 맺힌 채,
맑은 공기 속에서 한순간의 행복을 열망한다.
맑고 청명한 너의 목소리는 이렇게 우리를 위로했고,
너의 노래는 고통을 하늘로 날려 보냈다.

XVIII

요절한 너의 무덤에서 우리가 슬퍼해야 하는 것은,
탁월한 예술도 그 난해한 비밀도 아니다.
네가 창조한 예술은 다른 사람이 연구하겠지.
우리가 슬퍼해야 할 것은 네 이후로는 다른 어떤 사람도 결
코 우리에게 주지 못할
너의 영혼과, 니네트여, 너의 꾸밈없는 위대함과,
심장에 다다르는 단지 하나뿐인 그 심장의 목소리.

오
월
의
밤

XIX

아! 길들일 수 없는 그 영혼이 없었다면 너는 여전히 살아
있을 터.
　너의 유일한 악과, 비밀스러운 짐,
　그 무게 때문에 갈대처럼 휘어진 너의 아름다운 육체.
　영혼은 오랫동안 가차 없는 투쟁을 견뎌왔다.
　불타는 양팔에 안긴 당신을 무덤으로 이끈 것은
　전지전능한 신, 비정한 뮤즈.

XX

　고동치는 너의 가슴이 품을 수 없었던,
　그 뜨거운 불길을 너는 억누르지 않았지!
　너는 살아서, 분명 단 한 명도 그로 인해 죽는 일 없을 사람
들에게
　오늘 아낌없이 변덕스러운 호감을 표하는
　무관심한 군중인 이 무감각해진 청중이,
　너를 따르고 박수 갈채를 보내는 것을 보리라.

XXI

　너는 인간의 배은망덕을 아주 조금이라도 알았느냐?

그들을 위해 목숨을 버리다니 대체 너는 무슨 꿈을 꾼 것이
냐?
꽃다발 몇 개가 너를 그토록 우쭐하게 만들어,
무대 위에서 진짜로 눈물을 쏟았느냐?
수없이 꽃다발 세례를 받은
그토록 많은 엉터리 배우들과 유명한 예술가들의 눈에는
어리지 않은 진짜 눈물을.

XXII

감동받은 척할 때 이곳 사람들이 그러듯,
미소 짓기 위해 머리를 돌린 것은 아니었는가?
아! 그토록 너를 사랑한 자들은 다시는 보지 못하리라.
〈버드나무〉를 노래했을 때, 당치도 않은 그런 흥분 대신,
너는 왜 칠현금을 놓치지 않으려 마음 쓰지 않았느냐?
파스타[106]가 그렇게 하듯 너는 그녀를 흉내 내지 않았느냐?

XXIII

조심성 없는 배우여,
너의 심장에서 시작된 분별없는 외침이
여윈 너의 뺨을 더욱 창백하게 만든 사실을 왜 알지 못했느
냐?

뜨거운 관자놀이에 놓이는

너의 손은 나날이 더 떨리고,

고통을 사랑하는 것은 신을 시험하는 것이라는 사실을 대체 알지 못했느냐?

XXIV

너는 네 아름다운 젊음이

피로에 지친 너의 두 눈에서 쏟아져 흐르는 것을,

고귀한 심장에서 오열하며 새어 나오는 것을 느끼지 못했느냐?

너를 사랑한 사람들에게서 슬픔을 보았을 때,

너는 치명적 열광이

유랑하는 너의 삶을 최후의 가지로 흔들어 잠재우는 것을 느끼지 못했느냐?

XXV

그렇다, 그렇다, 너는 알고 있었다, 극장에서 나오며,

어느 밤 수의(壽衣) 속에 몸을 눕혀야 함을.

대리석보다 더 차가워진 너를 옮길 때,

의사가 푸르스름한 너의 정맥에서

방울방울 흐르는 검은 피를 보았을 때,

방금 네게 닿은 것이 어떤 손인지 너는 알고 있었다.

XXVI

그렇다, 그렇다, 너는 알고 있었다, 이 생에서,
사랑보다 좋은 것도, 고통보다 진실한 일도 없음을.
매일 밤 너는 너의 노래 속에서 창백해지는 너를 느꼈다.
너는 세상과 군중과 욕망을 알았고,
너의 재능이 집약된 쇠약해진 육체 속에서
라 말리브랑이 죽어가는 모습을 보고 있었다.

XXVII

그러므로 죽어라! 부드러운 너의 죽음으로 너의 임무는 완
성되니.
세상에서 인간의 재능이란,
사랑의 욕구이니, 그 밖에 모든 것은 헛된 것.
인간의 사랑은 언젠가는 잊히기에
숭고한 사랑을 위해 너처럼 죽는 것은
위대한 영혼과 행복한 운명을 가진 자의 몫이리라!

신에게 품는 희망

아직도 젊음으로 충만한 가련한 내 심장이,

그 환상에 작별을 고하지 않을 때,

나는 검소한 에피쿠로스를 우상으로 삼은

고대의 지혜[107]로 만족하련다.

나는 살고, 사랑하고, 인간들에 익숙해지고,

약간의 기쁨을 구하지만 지나치게 바라지 않고,

사람들이 행한 일을 하고, 우리 자신의 본모습이 되고,

불안에 떨지 않고 하늘을 바라보려 한다.

나는 할 수 없다. ──나도 모르게 무한은 나를 괴롭힌다.

나는 두려움과 희망 없이 무한을 생각할 수 없으니.

사람들이 뭐라 말하건, 나의 이성은

이해하지 못한 채 무한을 보는 일이 두렵구나.

평화롭게 살기 위해 하늘을 가려야 한다면,

이 세상은 대체 무엇이고, 우리는 왜 이 세상에 왔단 말인

가?

양떼처럼 두 눈을 땅에 고정시킨 채 지나가고,

그 나머지를 부정하는 것, 대체 그것이 행복이더냐?

아니다, 그것은 인간으로 존재하기를 포기하는 것, 자신의
영혼을 타락시키는 것.

우연은 나를 창조 속에 내던졌다.

행복하건 불행하건, 나는 여인의 몸에서 태어났고,

인류를 벗어나 달아날 수 없다.

그러니 무엇을 할까? "즐겨라, 불경한 이성은 말한다.

즐기고 죽어라. 신은 오로지 잠잘 생각뿐.

── 희망만을 가져라, 기독교 신앙은 대답한다.

하늘은 계속 깨어 있고, 너는 죽지 않으리라."

이 두 길 사이에서 나는 주저하고 멈추어 선다.

나는, 사람들과 떨어져, 좀더 가파르지 않은 길을 따라가려
한다.

그런 길은 존재하지 않아, 비밀스러운 목소리가 말한다.

하늘에 직면해서는, 믿거나 혹은 부정해야 한다.

나는 실제로 그렇게 생각한다. 고통 받는 영혼은

차례로 양 극단에 몸을 던진다.

무관심한 사람은 무신론자일 뿐.

어느 하루 의심을 품게 된다면, 그들은 더 이상 잠들지 못하
리라.

나는 체념한다, 물질은

내 심장에 두려움으로 가득 찬 욕망을 남겨놓았기에

나는 두 무릎을 꿇게 되리라. 나는 믿기를 원하고 나는 희망
한다.

나는 무엇이 될 것이며, 사람들은 내게서 무엇을 원하는가?

나는 이 세상 모든 악을 합한 것보다 더 두려운

신의 수중에 있다.

나를 떠나지 않는 증인의 두 눈 아래,

방황하는, 약하고 보잘것없는 나는 홀로 있다.

그는 나를 지켜보고, 나를 뒤따른다.

나는 그의 위대함과 신성을 모독한다.

발밑의 깊은 구렁으로 내가 추락한다면

한 시간을 속죄하기 위해서는 영원이 필요하니.

나의 재판관은 희생자를 속이는 형리(刑吏).

나에게 모든 것은 덫이 되고, 모든 것은 이름을 바꾼다.

사랑은 과오이며, 행복은 죄악.

칠 일간의 과업은 유혹일 뿐.

인간 본성에서 나는 아무것도 간직하고 있지 않다.

내게는 미덕도 회한도 존재하지 않는다.

나는 보상을 기다리고, 고통을 피한다.

내 유일한 인도자는 두려움, 내 유일한 목표는 죽음이다.

하지만 사람들은 내게 무한한 기쁨이

몇몇 선택된 자들을 기다린다고 말한다. —— 그들은 어디 있느냐, 그 행복한 사람들은?

너희가 나를 속였다면, 너희가 내 삶을 되찾아줄 것인가?

너희가 내게 진실을 말했다면, 너희가 내게 하늘을 열어줄 것인가?

아! 너희의 선지자가 말한 그 아름다운 나라가

저 위에 존재한다면, 그것은 분명 사막이리라.

너희는 너희가 창조한 행복한 사람들이 너무도 순수하기를 원하고,

그들에게 기쁨이 다가올 때, 그들은 그것으로 너무도 고통받았다.

나는 단지 인간일 뿐이고, 그 이하이기도,

더 많은 것도 시도하려 하지 않는다. —— 대체 어디에서 멈춰 서야 하는가?

사제의 약속을 믿을 수 없으니,

무신론자의 의견을 들어야 할까?

자신을 사로잡고 있는 꿈에 지친 내 심장이,

만족을 위해 현실로 되돌아온다면,

도움을 받고자 부른 헛된 쾌락 깊숙이

나는 죽을 것 같은 혐오감을 느끼리라.

이따금 의심을 멈추기 위해 부인하고 싶어지는,

생각이 불경해지는 날에도,

인간이 터무니없는 욕망 속에서 탐낼 수 있는
모든 것을 내가 이 생에서 가지게 될 때는,
내게 힘, 건강, 재산,
사랑, 이 세상 유일한 덕행인 사랑도 달라!
그리스가 숭배한 금발의 아스타르테[108]가
내게 두 팔을 내밀며 그녀의 쪽빛 섬에서 니오기를.
대지의 품에서
풍요의 비밀스러운 원리를 포착할 수 있을 때,
변치 않는 물질을 내 뜻대로 바꾸고,
나만을 위해 단 하나의 아름다움을 창조하리라.
호라티우스, 루크레티우스와 늙은 에피쿠로스가,
내 곁에 앉아, 나를 행복한 자라 부를 때,
오랜 자연의 그 위대한 연인들이
내게 쾌락과 신들의 경멸을 노래할 때,
나는 그들 모두에게 말하리라. "우리가 할 수 있는 일이 무엇이건,
나는 고통 받고, 이제는 너무 늦었고, 세상은 낡았습니다.
무한한 희망이 대지를 가로질러 갔습니다.
어쩔 수 없이 하늘을 향해 눈을 들어야 합니다!"

그래서 내게 남은 것은 무엇인가? 반항적인 나의 이성은
믿고자 하지만 허사이고, 내 심장은 의심하고자 하지만 허사네.

기독교 신자는 나를 공포에 떨게 하고, 무신론자가 말하는 것,

나의 판단력에도 불구하고, 나는 그것을 들을 수 없네.

진정한 신자는 내게 신앙이 없다 하고,

무신론자는 내가 무분별하다 생각하겠지.

나는 누구에게 말하고, 어떤 다정한 목소리가

의심으로 상처 받은 이 심장을 위로하리오?

계시 없이 우리에게 모든 것을 설명해주고,

무신론과 종교 사이에서

이 생을 가로질러 우리를 인도할 수 있는

철학이 존재한다 말하지.

나는 거기에 동의한다. ──그런 체계를 만든 사람들은 어디 있는가.

믿음 없이 진리를 발견할 줄 알고,

자기 자신만을 믿을 뿐인 무력한 궤변가들은?

그들의 논거와 그들의 권위는 어떤 것인가?

한 사람은 내게 이 세상에서 투쟁 중인 두 가지 원칙을 가르쳐준다.

차례로 패하는 이 두 원칙은, 둘 다 영원하리.[109]

다른 이는 멀리, 아무도 없는 하늘에서,

제단을 원치 않는 무용한 신을 발견한다.[110]

나는 플라톤의 꿈과 아리스토텔레스의 생각을 본다.

나는 듣고, 박수 치고, 계속해서 나의 길을 가리.

폭군들 하에서 나는 전제적인 신을 발견한다.

오늘날 사람들은 민주적인 신을 이야기한다.[111]

피타고라스와 라이프니츠는 내 존재를 변화시키고,[112]

데카르트는 소용돌이 한가운데 나를 버린다.

몽테뉴는 자기 자신에 대해 성찰하지만, 자신을 알지 못하고,

파스칼은 떨면서 직관을 회피한다.

피론은 나를 눈멀게 하고, 제논은 나를 무감각하게 하며,

볼테르는 선 채로 본 모든 것을 땅에 내던진다.

불가능을 시도하는 데 지친 스피노자는,

헛되이 자신의 신을 찾고, 도처에서 신을 발견했다고 믿는다.

영국의 궤변가에게 인간은 기계다.[113]

마침내 안개 속에서 독일의 수사학자가 나온다.[114]

그는 파멸을 완성하는 사이비 철학에서,

하늘은 비었다고 선언하고, 무라는 결론에 도달한다.

인간 지식의 잔해가 여기 있다!

오래전부터[115] 사람들은 계속해서 의심해왔고,

그토록 많은 고달픔과 인내 후에,

우리에게 남은 마지막 말이 여기 있다!

아! 가련한 미치광이여, 불행한 자여,

그토록 여러 방식으로 모든 것을 설명했으나,

하늘에 가기 위해서는 날개가 필요했거늘.

당신은 욕망을 가졌으나, 믿음이 부족했습니다.

불쌍한 이여, 당신의 오만은 상처 받은 영혼에서 비롯되었
으니.

당신은 내 심장에 가득 찬 고통을 느꼈고,

무한을 보는 인간을 전율케 하는

그 고통스러운 생각을 알고 있었습니다.

자, 같이 기도합시다, —— 유치한 계산의,

그토록 많은 헛된 일들의 괴로움을 버립시다.

이제 당신의 육체는 먼지가 되었고,

나는 당신 무덤으로 가 당신을 위해 무릎 꿇습니다.

오십시오, 신앙심 없는 수사학자들이여, 지식의 대가들이
여,

지나간 시간의 기독교도들과 오늘의 몽상가들이여.

나를 믿어주십시오, 기도는 희망의 외침입니다!

신이 우리에게 답하도록, 신에게 말을 건넵시다.

신은 올바르고, 신은 선합니다. 아마도 신은 당신을 용서할
겁니다.

모든 사람이 당신을 용서했고, 나머지는 잊힙니다.

하늘에 아무도 없다면, 우리는 누구의 기분도 상하게 한 것
이 아닙니다.

누군가 우리의 말을 듣는다면, 우리를 가련히 여기시기를!

오, 아무도 알 수 없었던 너,
거짓으로밖에는 부인할 수 없었던 너,
대답해다오, 나를 태어나게 했고,
장차 나를 죽음으로 몰고 갈 너!

인간의 이해를 허용하는 너이기에 묻는다면,
왜 너를 의심하게 하느냐?
우리의 선의를 시험하며
어떤 서글픈 쾌락을 느끼느냐?

인간은 고개를 들자 곧,
하늘에서 너를 어렴풋이 보았다고 생각한다.
창조, 그의 정복은
그의 눈에는 거대한 사원에 불과하리.

자신으로 다시 내려가자,
그는 그곳에서 너를 발견하고, 너는 그 안에 살아 있다.
그가 만일 고통 받고, 눈물 흘리고, 사랑한다면,
그가 그렇게 되기를 원하는 것은 바로 그의 신.

최고 지성인의
가장 고귀한 야심은
너의 존재를 증명하는 것이고,

네 이름을 더듬거리며 말하는 것.

너를 어떻게 부르던 간에,
브라마,[116] 주피터 혹은 예수,
진리, 영원한 정의,
사람들은 모두 너를 향해 팔을 내미니.

대지의 아들 중 최악의 사람이
가슴 깊이 너에게 감사하고,
자신의 비참함에
행복의 조짐이 섞이자마자 곧.

새는 둥지에서 너를 노래하고,
한 방울의 비를 위해
수많은 존재가 너를 찬양했다.

네가 숭배받으려 한 일은 아무것도 없으나,
너의 모든 것이 우리에겐 소중하니.
모두가 기도한다, 네가 미소 짓지 못하는 것은
우리가 무릎 꿇지 않아서가 아니다.

대체 왜, 오, 주여!
이성과 덕조차도,

공포에 떨 만큼
그토록 커다란 악을 창조하셨나요?

지상의 그토록 많은 것들이
신이라 주장하고,
어느 아버지의 사랑, 힘, 선함을
증명하는 것처럼 보일 때,

어떻게, 신성한 빛 아래,
불행한 사람들의 입술 위에서
기도가 사라지게 하는,
그토록 흉한 행동이 보이는 것인지?

왜, 당신의 경이로운 과업에서,
그토록 많은 요소들이 조화를 이루지 않는지?
죄악과 재앙이 무슨 소용인가요?
오, 정의로운 신이시여! 죽음은 왜 존재하나요?

당신은 깊은 연민을 가졌음이 분명합니다.
이 경이롭고도 가련한 세상이
그 선과 악을 지닌 채
눈물 흘리며 카오스에서 나왔으니!

당신은 세상에 가득 찬 고통에
세상을 맡기고자 했기에,
무한 속에서 당신을 어렴풋이 느끼도록 해서는
안 되었을 것입니다.

왜 우리의 비참함이 꿈꾸고
신에 대해 추측하도록 내버려두나요?
의심이 대지를 황폐하게 했습니다.
우리는 신에 대해 너무 많이 생각하거나 전혀 생각하
지 않습니다.

만일 당신의 초라한 피조물이
당신께 다가갈 자격이 없다면,
자연이 당신을 가리고 당신을 숨기도록
두어야 했습니다.

당신은 계속 권능을 지닐 테고,
우리는 그 힘이 행사되는 것을 느낄 겁니다.
하지만 휴식과 무지는
우리의 불행을 더 가볍게 했을 겁니다.

만일 고통과 기도가
당신께 도달하지 않는다면,

당신의 고독한 위대함을 간직하고,
무한을 영원히 닫으십시오.

하지만 우리의 극한 불안이
당신께 전달된다면,
만일, 영원한 평원에서,
당신이 이따금 우리의 신음 소리를 듣는다면,

창조를 덮고 있는
이 하늘을 부수고,
세상의 베일을 들어 올리고,
모습을 드러내십시오, 정의롭고 선한 신이여!

당신은 대지에서
신앙심이라는 열렬한 사랑만을 보게 될 것이고,
전 인류가 당신 앞에
엎드릴 겁니다.

인간을 고갈시키고,
그 두 눈에서 쏟아져 내리는 눈물은,
가벼운 이슬처럼
하늘로 사라질 겁니다.

당신은 당신에 대한 찬양과,
기쁨과 사랑의 음악회만을 듣게 될 터인데,
그것은 당신의 천사들이
천국을 가득 채우는 음악회와도 같습니다.

그리고 당신은 이 최고의 호산나 속에서,
우리의 노랫소리에,
의심과 신성 모독이 사라지고,
죽음은
거기에 자신의 마지막 곡조를 더하는 것을 보게 될 겁
니다.

사순절 셋째 주 목요일에

I

카니발은 지나고, 장미꽃이 피어나리.
언덕 비탈에는 벌써 잔디가 돋지만,
쾌락의 추운 계절은
가벼운 방울 소리 아래로 아직도 소리 내어 웃고 이리저리
날아다닌다.
한편, 여명의 베일을 들어 올리며,
근심에 싸인 봄이 지평선에 나타난다.

II

농부의 당연한 염려에도 불구하고,
가련한 달 삼월을 비방하지 말아라.
삼월은 세상이 다시 태어나는 때. 바람, 비, 태양이

제국을 놓고 다투는 시기.
그때 무엇을 하는가? 꽃의 계절, 세상은 어린아이다.
그것은 세상 최초의 눈물, 최초의 미소.

III

떨리는 꽃부리의 야생 아네모네가
열리려 하는 것은 삼월이다.
여인들과 꽃들은 서풍을 부르고,
규방 깊숙한 곳 아름다운 게으름뱅이들은,
연약한 몸을 부드럽게 흔들며,
오래된 마로니에 아래로 오기 시작한다.

IV

더 즐겁고 더 보기 드문 무도회가
마지막 팡파르를 더 오랫동안 계속하는 이때.
우리를 떠나는 그 소리에 우리는 열심히 뛰고
왈츠 추는 여인은 더한 무기력에 자신의 몸을 맡긴다.
두 눈은 더 대담하고, 입술은 덜 인색하고,
권태에 도취된다, 그리고 마음에는 사랑이 다가온다.

V

이 세상에서 사랑하는 사람과의 이별이
그로 인해 죽고자 할 정도의 너무도 감미로운 슬픔이라면,
이 삼월, 이 사순절 셋째 주 목요일,
저녁 식사가 끝나고 한 탕아는,
왈츠와 사랑의 시를 쓰고,
떠날 준비가 된 신들에게 쾌활하게 인사해야 하리라.

VI

하지만 하모니로 가득한 너의 발걸음과,
보통 사람들은 모르는 너의 숭고한 비밀을 노래할 줄 아는
것은 누구일까,
황금빛 장화의 아름다운 독일 요정?
오, 왈츠의 뮤즈여! 오, 시의 꽃이여!
열렬히 사랑하는 네 품속에서 자기를 잊을 만한 자격이 있
는,
우리 시대의, 신주(神酒) 마시는 사람은 어디 있는가?

VII

고대 디오니소스의 무녀들이

키타이론 산[117]에서 카드모스의 딸들의 머리카락을 풀어헤
쳤을 때,
사람들은 미녀가 신 앞에서 춤추도록 내버려두었다.[118]
만일 어떤 속인(俗人)이, 음악 소리에,
합창대 안으로 달려 나가면, 음란한 여사제는
디오니소스의 쇠 지팡이로 대담한 자를 내리쳤다.

VIII

우리의 비속한 축제에는 사정이 다르다.
오늘날 동정녀들은 덜 엄격하고,
우아함과 자존심 없이 자신을 만지도록 내버려둔다.
우리는 우리의 저속한 쿼드릴[119]을 원하는 자에게 열어주
고,
미인에게 보내야 하는 존경심을 잃어버린다.
그리고 우리의 떠들썩한 쾌락에 관능은 도망쳐버린다.

IX

우리에게 구식 미뉴에트[120]가 유행하는 한,
우리는 절도를 지켜야 함을 잊지 않는다.
대포 소리에 공화국이 춤출 때,
탈리앵 부인[121]이 튜닉을 들어 올리며

맨발로 금반지들을 부딪쳐 소리 낼 때,
우리 아버지들은 테르미도르[122]의 날들에도 절도를 지켰다.

X

다른 시간에는 다른 풍습이 존재한다. 리듬과 박자는
우연과 보편적인 법칙을 따랐다.
프랑스에 대항하기 위해 동맹을 맺은 세계가
프랑스에 새로운 왕을 맞이하게 해주느라 피로에 지쳐 있
는 동안[123]
왈츠가 곧장 춤을 대신했다.
불평하는 이가 있다면 분명, 나는 아니다.[124]

XI

단지, 왈츠는 우리의 손님이기에,
우리가 이 젊은 여신을 더 잘 공경할 줄 알았으면 하고 바랄
뿐.
그녀의 목소리에 우리의 걸음을 조절했으면 하고,
그토록 감미로운 도취를 모독하는 것을,
그토록 아름다운 가슴의 우아한 윤곽을 상하게 하는 것을,
아무나 그녀를 품에 안고 데려가는 것을 보지 않았으면.

XII

비난해야 하는 것은 우리의 무지와
무관심. 변덕스러운 우리의 정신은
일시적인 욕망에 사로잡혀 변화로 살아가지만,
무질서 자체에도 우아함이 필요한 법.
적어도 프랑스에서 공작부인은
독일 목동만큼은 왈츠를 잘 출 수 있었으면 하는 바람뿐.

뒤퐁과 뒤랑

대화

뒤랑

조상의 넋이여, 얼마나 견디기 힘든 궁지에 빠졌는지!
신이 누구인지 안다면, 신에게 기도하련만.
태어난 지 곧 삼십 년이 되고,
그중 십 년을 출판사를 찾는 데 보냈다네.
단 한 명도 내 원고를 읽지 않았고,
세상에서 나는 내 작품을 아는 단 한 사람이거늘.

뒤퐁

브루투스의 그림자에 맹세코, 얼마나 유감인지!
내 배는 능금주와 감자로 가득 차 있네.
내 영혼은 그것으로 마비되고, 깨어나기 위해,
푸리에[125]의 업적에 대해 이야기할 자가 아무도 없다니!

우리는 어떤 시대에 살고 있는가? 얼마나 고약한 저녁 식사
인가!

뒤랑

대체 저기 보이는 것은 무엇인가? 추위로 얼어붙은 손가락
에
절망으로 입김을 불고, 얄팍한 검은 옷 아래 추위로 벌벌 떨
며 어슬렁거리는,
저 가련한 녀석은 누구인가?
플리코토[126]의 가게에서 저 딱한 인물을 보았는데.

뒤퐁

틀리지 않았네. 저 어둡고 맥 빠진 얼굴,
저 침울하고 당황해하는 눈, 저 근심 가득한 이마,
지저분한 긴 머리카락 위로 닳아 헤진 저 모자……
저자는 내 친구 뒤랑, 내 옛 동창이네.

뒤랑

친애하는 뒤퐁, 자네인가? 믿을 수 있는 필라데스,
내 젊은 날의 친구여, 다가오라, 한번 안아보세나.

그럼 자네는 아직 정신 병원에 있었던 것이 아닌가?
자네 부모님이 자네를 비세트르[127)]에 넣었다고 생각했다네.

뒤퐁

작게 말하게. 오늘 저녁, 창문을 뛰어넘어,
몰래 신문 연재 소설을 쓰기 위해서 급히 가는 길이라네.
한데 자네, 자네는 샤랑통[128)]에 있지 않나?
사람들이 말하기를 자네의 비범한 재능이……

뒤랑

아, 뒤퐁, 세상은 얼마나 험담을 좋아하는지!
어리석은 인간 족속은 얼마나 배은망덕한 동물이고,
우리가 성공하는 데는 얼마나 힘이 드는지!

뒤퐁

형제여, 누구에게 그런 말을 하는가? 우리가 살고 있는 이
시대에,
나는 인간의 가치를 잘 알고 있었을 뿐.
세상은, 매일, 더욱 완고해지고,
어리석음 속으로 더 깊숙이 떨어진다네.

뒤랑

기억하는가, 뒤퐁, 우리의 유년 시절을,
자존심 강하지만 학문은 빈약하고,
조교에게 맞아도 게으름만 피우고,
더러움과 태만 속에 함께 잠들던 그때를?
그 행복의 나날들은 얼마나 소중한 기억인지!

뒤퐁

게으름을 피웠다고! 그렇게 이야기했는가. 우리는 자랑스
레 게으름을 피웠지.
무지한 자여, 신은 아실 걸세! 그 다음부터 내가 한 일은
내가 아무것도 배우지 않았음을 분명히 보여주었네.
하지만 학교 구내 식당에서 나는 냄새는 얼마나 좋던지!
아! 그 시절 적어도 나는 먹고 마실 수 있었네!
책상 위로 몸을 숙이고, 몰래
할인 판매로 산 쓰레기 같은 책을 읽곤 했었지.
바르나브[129]와 데물랭[130]은 회초리를 맞을 가치가 있었네.
친절한 생 쥐스트의 감동적인 작은 책은
내 가슴에 놓여 있었고,[131] 나는 로마 원로원 의원의 위엄을
갖추어
손을 내밀곤 했네.

뒤랑

사실이네, 재능에도 성쇠가 있는 것이지.

월계수를 쓰려고 태어난, 오시안풍의 내 지성에는

이따금 당나귀 모자[132]가 씌워졌지.

하지만 사람들은 벌써 내게 그런 능력이 있음을 알아보았
네.

나는 어쩔 수 없는 열정으로 작품을 써댔네.

동료 작가들의 멸시를 받고, 주먹질에 기진맥진한

나는 구석에 웅크린 채 따로 떨어져 시를 지었네.

열다섯 살에야 읽기를 배운 나는

실러, 단테, 괴테, 셰익스피어를 탐독했네.

그들의 글을 읽으며 내 얼굴은 근질거렸네.

지난날 찬미받았던 사람들에 대해 말하자면,

타키투스,[133] 키케로, 베르길리우스, 호라티우스, 호메로스,

신께 감사를! 우리는 그들이 어떻게 대접받는지 아네.

금세 나를 신비한 깨우침으로 인도하는 예술의 비밀 속에
서,

나의 뮤즈는, 말을 더듬으며, 흉내를 내려 했네.

나는 영국, 스페인,

이탈리아, 그리고 특히 허풍스러운 독일을 차례로 숭배했
네.

예전에 구두 수선공 작스[134]가 영예롭게 한

사투리를 알기 위해 나는 무슨 일이든 마다하지 않았네!
분명 나는 위대한 작품을 만들어냈겠지.
하지만, 우리의 비천한 언어를 말하지 않을 수 없는
적어도 나는, 살아 있는 한,
명료한 프랑스어로는 결코 글을 쓰지 않으리라 맹세했네.
자네는 나를 알지, 내가 약속을 지켰는지를.

뒤퐁

겨울이 다가오면, 종달새는 날아가버리지.
굶주린 우리의 배가 이[齒]를 믿을 수 있었던
너무 빠른 시간은 이렇게 사라져버렸네.
주부는 얼마나 훌륭한 빵을 잘랐던가!

뒤랑

그 이야기는 더 이상 말게. 이 세상은 비참한 곳이니.
제발, 솔직하게나, 내게 자네의 운명을 말해주게.
라탱 가를 떠나 제일 먼저 한 일은 무엇이었나?

뒤퐁

언제?

뒤랑

열아홉 살에 학교를 마쳤을 때.

뒤퐁

내가 한 일?

뒤랑

그렇다네, 말해주게.

뒤퐁

     아! 친구여, 내가 뭘 알겠는가?
나는 둥지를 떠나는 새가 하는 일,
운명이 할 수 있었던 일, 신이 허락한 일을 했다네.

뒤랑

그렇다면?

뒤퐁

아무것도. 나는 한가로이 거리를 거닐었네.
멍하니 하늘만 바라보면서, 자유롭게, 걸었네.
잘 먹지 못하고, 헐벗고,
집세를 낼 때가 되면 이사하곤 해야 했던 다락방에서 잠자며,
이 빈민굴에서 저 빈민굴로, 내 불행에 대한 이야기를 퍼뜨리며,
푸리에의 인도주의적인 꿈을 되새기며,
여기저기서 가능한 한 많은 돈을 빌리고,
돈이 생기면 곧바로 낭비해버리고,
따분한 문장으로 장황하게 말을 늘어놓으며,
셔츠도 없이, 양말도 신지 않고, 주머니는 텅 빈 채,
세상에 그렇게 빈 것은 내 영혼밖에 없기를.
그렇게 나는 산다네, 초라하고, 아첨하고, 질투심에 휩싸여.

뒤랑

그게 무언지 나는 아네. 이따금 자네가 죽지 않을까 하는 두려움이 들 때,
자네의 위는 소리치곤 했을 걸세, "여섯 시야!"라고.

초라하고 미끄러운 자네 손에는, 약간의 후회와 함께,

베나제[135]의 도박장으로 달려가 잃게 되었을 오 프랑이 있었겠지.

하지만 더 나중에는 무슨 일을 했나?

지금까지 그런 끔찍한 생활을 지속하지는 않았을 테니?

뒤퐁

항상 그랬다네! 여기서 브루투스와 스피노자를 걸고 맹세하는데,

나는 이 옷말고는 가져본 적이 없네!

어떻게 그것을 바꾸겠는가? 정당한 평가를 받는 이는 누구인가?

사람들은 이해타산, 탐욕, 인색함밖에는 보지 못하는데.

계획을 하나 세웠네⋯⋯자네에게 아주 작은 소리로 말하겠네⋯⋯

계획! 적어도 자네는 그 이야기를 하지 않을 것이네⋯⋯

그 계획은 리쿠르고스[136]보다 훌륭하고, 만일 라드보카[137]가 내 책을 출판한다면,

그보다 뛰어난 것은 결코 나올 수 없을 터.

친구여, 세상은 동요하고,

더 이상 과거와 흡사한 것은 보이지 않을 걸세.

부자는 가난해질 것이고, 귀족은 명예를 잃을 걸세.

우리의 악은 선이 되고, 남자는 여자가 되고,

여자는……그녀들이 원하는 모든 것이 될 걸세.

가장 오랜 적이 서로 화해하게 될 걸세,

러시아는 터키와, 영국은 프랑스와,

신앙심은 무신론과,

근대 극은 상식과.

단 한 명의 왕, 의원, 장관도 없을 걸세.

사법관도, 법률도 더 이상은 없을 걸세,

나는 가족을 없애고 결혼을 파기할 걸세,

그래. 아이들에 대해 말하자면, 능력 있는 자는 낳을 걸세,

아비를 찾고자 하는 자는 찾을 걸세,

그뿐 아니라, 친구여, 들에는,

숲도, 바위도, 골짜기도, 산도 없을 걸세.

그 모든 게 헛소리지! 우리는 그것들을 없애고,

파괴하고, 메우고, 불태울 걸세,

사방에 석탄과, 아스팔트와,

보도와, 오막살이와, 좋은 채소를 심어놓은 밭과,

당근, 잠두콩, 완두콩, 그리고 원하는 사람은 밥을 굶을 수

있지만,

적어도 모든 사람이 잘 먹을 수 있는 권리를 갖게 될 걸세,

두 개의 철선 위로 난 멋진 길이

파리에서 베이징까지 나의 공화국을 둘러쌀 걸세,

그곳에서, 여러 다양한 민족은, 자신들의 언어를 뒤섞으며,

거대한 열차라는 바벨탑을 만들 걸세,

그곳에서, 인도주의의 마차[138]는 자신의 쇠바퀴로

대지의 근육을 뼈까지 마멸시킬 걸세,

이 커다란 배 위에서 어안이 벙벙해진 인간들은

양배추와 무의 바다밖에는 보지 못하고

세상은 밥그릇처럼 깨끗하고 청결할 걸세.

인도주의적인 족속[139]들은 세상을 자신의 도시락통으로 삼
고,

수염도 머리카락도 없이 털을 깎은 지구는

커다란 호박처럼 하늘에서 구를 걸세.

얼마나 멋진 계획인가, 친구! 얼마나 경탄할 만한가!

그토록 원대한 계획에 비견할 만한 것이 무엇이겠나?

정신이 온전치 못한 시기에 내 그걸 썼지.

뒤랑, 자네는 사람들이 그걸 읽지 않았다는 사실을 믿나?

할 수 없지 않은가! 우리의 세기는 눈도 귀도 없다네.

보물을 갖다 주고, 경이로움을 보여주게.

증권거래소에 가기 위해, 우리의 세기는 그대에게서 등을
돌릴 것이네.

저자들은 우리를 지배하고, 이자들은 우리에게 운하를 만
들어주네.

사람들은 쾌락과, 돈과, 값비싼 하녀를 좋아하지.

땅을 경작하는 것은 게으름뱅이들.

우리 시대의 인간들은 실상이 밝혀지길 원하지 않고,

나는 그들을 새사람으로 만들 희망을 잃었네.

한데 자네, 자네의 운명은 어떤 것인가? 자네도 솔직해야
하네.

뒤랑

먼저 나는 동물 병원의 종업원이었네.

한 달에 십팔 리브르 십 수[140]를 받았네.

하지만 수많은 발길질을 당하며

무릎을 꿇고

병든 짐승의 발굽에 기름칠하는 것이 내키지 않았네.

일에 지쳐, 나는 고삐를 풀고,

신에게 맡긴 채, 정처 없이 떠났네.

먼저 판화상의 가게에 머물러

소설 몇 권의 삽화를 그렸네.

이 년 동안 그 일을 했네. 형편없는 글에

더 형편없는 크로키를 대충 집어넣었네.

변변치 않았지만 후에도 내겐 요긴한 일이었네.

이렇게 내 정신은 도둑질에 익숙해지고, 타인에 접목되어,

기생적인 것이 되었던 탓에.

하지만 나는 견습생의 역할을 계속 맡았네.

어느 날 라 틸 영감의 술집[141]에 저녁 식사를 하러 갔네.

거기서 재주 있는 보드빌[142] 작가인 뒤부아를 만났네.

술도 잘 마시고, 알려진 것처럼, 노래도 잘하는 그는,

취중의 쾌활함으로 술집을 가득 채웠네.

그는 내게 철자법을 가르쳐주고 문체도 고쳐주었네.

우리 둘이서 보드빌의 사분의 일을 완성했는데,

유랑 극단 몇 곳에 내놓았지만,

어디서나 항상 거절당했다네.

그 실패는 내게는 가혹했고, 나는 불모의 내 머리로

부글거리며 끓어오르는 분노를 느꼈네.

집으로 돌아가며 글을 쓰리라 다짐했네.

파리를 놀라게 할 작품을 쓰리라.

운을 맞추고자 하는 욕구에 사로잡힌 나의 머리는

처음으로 생각이라는 것을 했네.

빗장을 열고, 내게 영감을 줄 만한

모든 작가들에 둘러싸였네.

팔절판의 책 육십 권이 테이블에 가득 찼네.

천천히 시를 한 편 썼네.

내 시에서는 달과 태양이 서로 다투고,

비너스와 예수가 지옥에서 춤추고 있었네.

내 생각이 얼마나 철학적이었는지 보게나.

사람들이 이루어놓은 모든 것으로 걸작 한 편을 만드는 것,

그것이 내 목표였네. 브라마, 주피터, 마호메트,

플라톤, 욥,[143] 마르몽텔,[144] 네로와 보쉬에,

모두가 들어 있었다네. 내 책은 엄청남 그 자체였네.

그 탁월한 시의 핵심 부분은,

물가에서 노래하는 도마뱀의 합창이라네.

그런 작품에 비하면 라신은 괴짜에 지나지 않아.

사람들은 나를 이해하지 못했네. 먼지투성이이긴 하지만,
아직 사람들의 손길이 닿지 않은

상징적인 내 책은 이제는 기념물에 지나지 않는다네.

가슴 아픈 결과여! 슬픈 동정(童貞)이여!

하지만 다른 운명이 나를 앗아갔네.

하늘은 나를 나이 든 저널리스트에게로 이끌었는데,

파산한 사기꾼이며, 옛 신학생이었던

그는, 헐값에 팔린 자신의 삶에서 수없이,

일 에퀴를 벌기 위해 정직한 사람들에게 침을 뱉곤 했네.

나는 그 훌륭한 노인의 하인이 되었네.

돈맛을 안 내 펜에는 벌써 독설이 배어 있었네.

나는 새사람이 되는 것을 느꼈고 그 일에 재미를 붙였네.

아! 뒤퐁, 모든 것을 헐뜯는 것은 얼마나 감미로운지!

자신의 무능함을 인정하는, 처음부터 실패를 겪어온 사람
에게는,

바보가 되고, 그에 대한 복수를 하는 것이 얼마나 감미로운
지!

방금 거둔 얼마간의 진정한 성공에,

집으로 돌아가 장화를 벗고,

인간을 세밀하게 분석하고, 그의 명예를 더럽히고,

그에 대한 글로 잉크병을 비울 수 있고,

어딘가에 알려지지 않은 신문이 있어,

본 것을 제멋대로 부인할 수 있는 것은 얼마나 감미로운지!

익명의 거짓은 최상의 행복이네.

작가, 의원, 장관, 왕, 신마저,

허기를 가라앉히려 나는 모두를 비난했네.

나와 함께 가장 예리한 사람인 양 처신한 자에게 불행을!

그는 파리에 비밀스러운 이야기가 있다고 믿을까?

서둘러 저녁에 신문을 인쇄했고,

아무것도 나를 빠져나가지 못했네. 거리에서 살롱까지,

걸을 땐 자갈이 신발 뒤축에 남아 있었네.

그 추잡스러운 시절에 나는 모든 추문을 알았네.

그리고 나는 그것을 이야기했네. 어떤 하소연도 어떤 음모
도

나를 흔들지 못했네. 그 점은 믿어도 좋네……

한데 자네 멍하니 꿈을 꾸나, 뒤퐁. 대체 무슨 생각을 하고
있나?

뒤퐁

아! 뒤랑! 하다못해 어느 사랑으로 내 위대한 영혼을 위안
할 수 있는

여인의 심장을 가진다면!

절대 아니네. 나는 헛되이 파리에 나의 재능을 펼쳐놓는다
네.

내 몸은 자네의 글과도 같지.

아무에게나 내놓지만 아무도 손대지 않는.

아무도 없는 내 초라한 침대에 투덜거리며 몸을 눕힌다네.

나는 기다리지만. —— 아무도 오지 않네. —— 물속에 빠져
드는 느낌이랄까!

뒤랑

저녁이면 무료함을 달래려 하는 일이 없는가?

뒤퐁

프로코프의 카페[145]에서 도미노 게임을 한다네.

뒤랑

정말! 훌륭한 놀이지. 정신을 발달시키니.

아주 적당히 도미노 게임을 할 줄 아는 사람은

오해하는 법이 없지.

카페로 들어가세. 오늘은 일요일이네.

뒤퐁

대가 없이 내게 십오 수를 준다면,
그렇게 하지.

뒤랑

잠깐! 시험 삼아 우선
한 잔 마시는 걸로 시작하세.
확실히 해두지만, 자네가 산다면 작은 걸로 한 잔 하지.

뒤퐁

술을 마시면 몸이 안 좋아. 나는 맥주만 마신다네.
자네 얼마나 있나?

뒤랑

삼 수.

뒤퐁

술집으로 들어가세.

뒤랑

자네 먼저.

뒤퐁

자네 먼저.

뒤랑

자네 먼저 들어가게.

목가(牧歌)

사순절에 저녁을 먹고 나서 밤을 어떻게 보낼 것인가?
이렇게, 손에는 잔을 들고, 두 친구가 의논하고 있었다.
어떤 대화를 선택할 것인가, 정직하고 허용되지만,
오래된 포도주가 그들에게 조언하고 활기를 띠게 하는 것
처럼, 쾌활한 대화를?

로돌프

우리의 사랑을 이야기하세. 기쁨과 아름다움은
자유 다음에 찾아오는 내 가장 소중한 신이라네.
건배하며, 유쾌한 목가를 구상해보세.
숲과 초원에서 베르길리우스의 목동들은
매 순간, 모든 곳에서 뜨겁게 시를 반겼네.
양지바른 곳에서 황금빛 매미는 그렇게 노래한다네.
우연히 영감을 얻은 우리는, 더 신중한 목소리로,

귀뚜라미처럼, 난롯가에서 노래한다네.

알베르

자네 마음에 드는 걸로 하세. 때때로, 이 생에서,
우리는 노래 한 곡에 마음을 달래고, 고통을 견디지.
우리는 고대의 시를 모욕하지만,
그것을 소중히 여기는 자에겐 그 그림자조차 감미로운 법.

로돌프

로잘리는 갈색 머리 소녀의 이름인데,
변덕스러운 우연으로 나는 그녀의 연인이 되었네.
그녀의 이름은 내 기쁨의 원천이 되고, 그 이름을 되풀이해
부를 때,
그 이름은, 매번, 내 심장에 선명히 새겨지네.

알베르

나는 내 여자 친구에 대해 그런 어조로 말할 수 없네.
그녀의 이름도 소리 내어 부르면 감미롭지만,
나는 그 정도로 그녀를 모욕하면서 수치심을 느끼지 않을
수는 없을 것이고,

한마디 말로, 내 삶의 비밀을 말할 수도 없을 것이네.

로돌프

매혹적인 순간의 열정 속엔 수많은 행운이 넘쳐흐르지!
처음 마주친 눈길에서 우리는 연인이 되리라 짐작했네.
참회의 화요일의 가장 행렬에서였네.
우리는 저녁을 먹고 있었네. —— 광기는 자신의 방울을 흔
들었고,
움트기 시작하는 우리의 사랑은 한 잔 술에서 나왔네,
옛날에 비너스가 바다 거품에서 나왔듯이.

알베르

인간의 불행에는 얼마나 심오한 신비가 담겨 있는지!
마로니에 아래, 어머니의 곁에서,
느린 걸음으로, 너무도 조용하게, 들어가는 그녀를 보았을
때,
(그녀의 얼굴은 너무도 순수했고, 그녀의 눈길은 너무도 평
온했네!)
하늘에 대고 맹세하네만, 최초의 순간부터,
나는 그녀를 사랑하는 일이 헛수고임을 알았네.
하지만 내 심장은 사랑하고 고통 받게 되리라는 직감에

씁쓸한 기쁨을 느꼈네.

로돌프

내 머리맡에서 그 바람둥이 여인이 소리 내어 웃기 시작한
이래로,
그녀는 그곳에서 잠과 권태를 동시에 몰아냈네.
우리의 입맞춤 소리에 유쾌한 시간은 흘러가고,
한창 때인 우리의 침대에는 아직 주름 하나 없다네.

알베르

그녀의 두 눈에서 나의 고통이 생겨난 이래로,
아무도 내가 찢어지는 고통을 겪은 이유를 모른다네.
그녀조차 몰랐네, —— 나의 유일한 희망은
그녀가 그것을 짐작하는 것이라네. 언젠가, 내가 그로 인해
죽게 될 때.

로돌프

매혹적인 내 연인이 눈꺼풀을 반쯤 열 때,
밤처럼 어둡고, 빛처럼 순결한,
검은 다이아몬드가 광택 나는 두 눈에서 빛난다네.

오
월
의
밤

알베르

한 송이 꽃 위의 한 방울 빗물처럼,
창공 깊숙한 곳 창백한 별처럼,
내 생명의 눈길은 떨면서 그렇게 빛난다네.

로돌프

그녀의 얼굴은 비너스의 얼굴보다 크지 않네.
리본의 매듭으로 고정된 가는 끈 두 개가
싱그러운 후광으로 그녀의 얼굴을 부드럽게 에워싸네.
침대 발치로 그녀의 긴 머리카락이 흘러내릴 때,
저녁이면, 사랑스러운 그녀의 허리 위로
스페인의 만틸라[146]가 유쾌하게 펼쳐진다 생각할 걸세.

알베르

사랑하는 여인의 얼굴을 그렇게 보는
행복이 내 두 눈에는 이제껏 주어지지 않았네.
그녀의 생각이 자리잡고 있는 순결한 은신처에는
언제나 금빛 왕관이 씌워져 있네.

로돌프

　그녀를 보게나, 아침마다, 부드럽게 속삭이고 팔짝팔짝 뛰
어다니는 그녀를.

　그녀의 심장은 한 마리 새라네, —— 그녀의 입술은 한 송이
꽃이라네.

　바로 그 순간, 그 무정한 소녀를 붙잡고,

　웃음이 터져 나오는 선명한 자줏빛 입술 위로,

　황홀한 입김의 싱그러움을 들이마셔야 하네.

알베르

　오직 단 한 번, 저녁에 그녀 곁에 있었네.

　졸음이 밀려오니 그녀는 더욱 아름다웠지.

　그녀는 완전히 기력을 잃은 얼굴을 내게 기울였고,

　잠든 장미꽃이 열리는 것을 보듯이,

　연인의 입술에서 나오는 약한 숨소리에서,

　나는 그녀 심장에서 번져 나온 향기를 느꼈네.

로돌프

　어느 날 세상 물정을 아는 아름다운 내 연인이

　근처 술집에서 샴페인에 취해,

짧은 속치마 바람으로 다가와 슬그머니 자네 품속으로 파고드는 모습을 봤으면 하네.
그때 자네의 우울은 어떻게 되겠는가?
요컨대 세상에는 모든 것이 가능하기 때문이지.

알베르

소중한 내 연인의 깊은 눈길이
한순간 우연히 자네의 눈길 위에 멈춘다면,
그때 이 무모한 도취는 어떻게 되겠는가?
사랑한다는 것은 굉장한 일이고, 나머지는 아무것도 아니라네.

로돌프

아니네, 침묵하는 사랑은 몽상일 뿐.
침묵은 죽음이고, 사랑은 삶이지.
쾌락을 뺀 행복을 믿는 것은,
제멋대로 꾸며낸 오래된 거짓말!
나는 자네의 고통을 나눌 수도 동정할 수도 없네.
대담한 자들을 위해 우연은 저 위에 있네.
두려움에 희망을 빼앗긴 자는
불행해져 마땅하며, 신을 모독한다네.

알베르

아니네, 무한한 신의 영혼이 자연 속으로 들어갔을 때,
  신은 자신의 태내에 신의 형상과 신의 아름다움을 받은 불
순한 물질에
  모든 이야기를 하지는 않았네.
  현실은 환영이네.
  아니네, 깨진 술병들, 우연히 내뱉고는
  서로 주고받았다고 믿는 헛된 말들,
  차가운 두 입맞춤 사이의 몇몇 경박한 웃음들,
  낯선 사람과의 덧없는 관계,
  아니네, 그건 사랑이 아니네, 그건 꿈도 아니라네,
  욕망에 뒤이은 포만감은,
  속이 메슥거릴 때 혐오감을 불러오지,
  사실, 나는 그것이 고통인지 쾌락인지 모른다네.

로돌프

고통인가 쾌락인가, 꼭 닫힌 침실은,
날씨가 나쁠 때, 불타는 펀치는?
고통인가 쾌락인가, 선홍색 장미는,
순백의 대리석과 봄의 향기는?
현실이 이미지와,

이 세상 사물의 피상적인 윤곽에 지나지 않을 때,
그것에 대해 더 알지 못하도록 하늘은 나를 지켜준다네!
가면이 너무도 매혹적이라, 나는 얼굴이 두렵고,
카니발에서도 거기에 손대지 않으려네.

알베르

한 방울의 눈물이 자네가 할 수 있는 것보다 더 많은 이야기
를 할 것이네.

로돌프

눈물은 가치가 있지, 그건 미소와 자매간이라네.
나는 때때로 말하기 좋아하는 두 눈과 이야기를 나누고 싶
네.
하지만 세상에서 진실한 언어는 입맞춤뿐.

알베르

그러니, 자네의 게으름은 알아서 하게나.
오, 가련한 내 비밀이여! 우리의 슬픔은 얼마나 달콤한지!

로돌프

그러니, 자네의 슬픔은 알아서 하게나.

오, 초라한 나의 저녁 식사! 사람들이 얼마나 헐뜯어대는
지!

알베르

다만 아름답고 경솔한 자네의 연인이

어느 정직한 권태 속에서 쾌활함을 잃지 않도록 조심하게
나.

로돌프

다만 자네의 잠든 장미가

어느 아름다운 여름 저녁, 나비를 발견하지 않도록 조심하
게나.

알베르

떠오르는 태양 빛이 느껴지네.

로돌프

언쟁은 그만두고, 잔을 비우세.

우리는 각자 자기 방식대로 사랑하고, 그것으로 충분하네.

나는 다른 방식을 하나 더 알고 있었고, 그에 대한 노래를
안다네.

전쟁에서처럼 사랑에서도 정의는 가장 강한 자의 것이네.

사랑받는 여인은 언제나 올바를 것이네.

실비아

* * * 부인에게[147]

그러니까 그게 사실입니까, 당신이 고통으로 신음한다
는 것이,
검은 눈을 가진, 축제의 날처럼 쾌활한,
세상 전체로부터 권태를 몰아낼 듯한 당신이.
고개를 숙일 만한
근심의 무게는 도대체 얼마입니까?
아마도 우화의 굴뚝새만큼이나
무거운 짐이겠죠.[148]
당신을 짓누르는 커다란 슬픔은
내게 갈대를 생각나게 합니다.
나는 떡갈나무와는 아주 거리가 멀지만,
말해주십시오, 다른 시대에는
(우리의 선조들이 착한 아이로 살았을 때)
내가 이리스,[149] 필리스, 혹은 클리멘으로 이름 붙였을
당신,

오
월
의
밤

이 부르주아의 시대에,
감히 당신을 나의 대모라 부르는 것을
아직도 이따금 허락하는 당신.
내게 그런 글을 쓴 것이 바로 당신입니까,
내가 당신께 답해야 한다고 생각합니까?
　　권태 속에서,
그 생각은 하지 않고, 친애하는 금발의 부인이여,
　　당신은 나를 친구처럼 꾸짖는다는 사실을 아시는
지?
　　게으르고 용기 없다고
당신은 말합니다. 사정이 그렇다면,
나는 다시 작품을 시작할 겁니다.
아! 새는 둥지로 되돌아가고,
이따금은 새장으로도 되돌아갑니다.
사람들은 내가 월계수 위에서 잠들었다고 생각합니다.
잠시의 게으름에 그것은 너무도 영광이고,
내 침대에서 월계수가 할 일은 없습니다.
　　그것이 나의 일은 아닐 겁니다.
단지 향기가 거의 남아 있지 않은
　　마편초의 싹을 곁에 두고
　　반쯤 졸고 있었는데,
　　그건 내가 몽상에 잠긴 채로 꺾은 것이었습니다.
고백하건대, 이 죄스러운 침묵,

당신이 그토록 가혹하게 비난한 이 기나긴 휴식,

게으름, 사랑, 광기 혹은 태만,

　　모든 이 잃어버린 시간이 내게는 감미로웠습니다.

더 말하자면, 그건 내게 유용했습니다.

언젠가 변덕스러운 내 정신이

　　진실이 내게 가르쳐준 것을

　　어떤 우화로 감싸는 법을 알게 되는 날,

　　나는 당신께 덜 죄스럽게 보일 겁니다.

　　침묵은 더 많은 신비의 베일을 벗기는

　　조언자입니다.

　　언젠가 잘 말하고 싶은 사람은

　　침묵하는 법부터 배워야 합니다.

　　누군가 계속 침묵할 때,

　　그가 살고 사랑하는 이상,

　　나머지는 뭐 그리 중요합니까? 당신 자신,

　　시간을 지루하게 느낀 것은 언제입니까?

모든 것은 사라지기에,

한 점 바람이 우리에게서 앗아갈 것을

　　보물처럼 간직하는 것은

　　무모한 탐욕이 아닙니까?

　내 삶에서 가장 좋은 시간은 너무도 가벼운 꿈처럼 지나갔
고,

　　그것은 아직도 내게는 소중합니다.

오
월
의
밤

당신에게로 되돌아가보지요, 매혹적인 대모여.

　　　　그럼 당신은 지루하다고 느끼십니까?

다가오는 겨울은, 난로에 다시 불을 지피는,

　　　　성의 안주인을 꿈꾸게 했습니다.

　　　　한 권의 소설로 기분이 좋아질 거라고 당신은 말

했지요.

　　　　당신께 보내기에는 형편없는 것입니다!

　　　　라 퐁텐에게 이야기를 하나 부탁하시지요?

그건 밤새워 읽기에 좋으니까요.

　　　　베개 위에 그 책을 펼쳐놓으십시오,

　　　　밝아오는 새벽을 보게 될 겁니다.

몰리에르의 예견대로, 나도 그 말에 동의하는데,

　　　　우리 아이들이 계속

　　　　지혜와 쾌활함의 꽃이라 할

　　　　그 호인의 이야기를 읽을 때,

　　　　많은 것들이 살아남을 것입니다.

뭐라고요! 유행이 오면, 낡은 어법은 없어집니다.

　　　사람들은 이제 원하지 않습니다, 그가 감미로움을

　　　　가르쳐준, 간결하고 솔직한 언어의 사용을,

　　　가슴에서 나오는 유일한 프랑스어를,

　　　　왜냐하면, 이탈리아에는 실례가 되겠지만,

　　　　잘 알아두십시오, 라 퐁텐은,

　　　　모든 것을 받아들이면서도 아무것도 모방하지 않

있습니다.

　　조국의 흙에서

　　그의 무덤을 덮는 푸른 월계수가 돋아났습니다.

　　　　고대의 예술 작품처럼, 그것은 새롭습니다.

　　　　사랑하는 나의 보호자여,

　　　　향기로운 당신의 편지가

　　당신의 응석받이에게 도착했을 때,

나는 셰익스피어라는 위대한 친구와

　　　　매우 자유롭게 막 이야기를 나눈 참이었습니다.

보카치오에 대한 이야기였지요.

그 유쾌한 창조자는 모든 것을 풍요롭게 하기 때문입니다.

　　다른 작가의 글을 읽고 난 후에라도, 그를 다시 읽어야

했습니다.

　　그러니까 손에는 그의 '이야기' 를 든 채 홀로였습니다.

　　밤의 푸른빛은

　　　　아침과 장난치며,

　　피렌체인이 쓴 작은 책 표지의 금빛 테두리에서

　　　　빛나고 있었습니다.

　　나는 생각했습니다, 사람들이 무슨 말을 하고 무엇을

하건,

　　아홉 뮤즈가 자매라는 사실이 얼마나 진실한가를,

　　파르나소스 산[150] 정상의 그녀들을

　　연이은 꽃송이처럼 우리에게 그려주는

축복으로 가득 찬 그 붓이 얼마나 참된 것이었는
지를!

　　라 퐁텐은 보카치오 안에서 웃었고,

　　거기에서 셰익스피어는 눈물을 터뜨렸습니다.

　나의 뮤즈를 격려해서

　이번에는 내가 이 사랑의 책 속에

사랑 이야기까지 번역하려는 것은 지나친 욕심인지요?[151]

　　하지만 당신만 즐겁다면 뭐든지 좋습니다.

　　당신을 위한 것이 아니라면, 감히 그렇게 하지 않을 테
지요,

　　그토록 잊힌, 옛날에는 너무도 감미로웠지만,

　　오늘날 사람들은 쉽다고 생각하는,

　　이 문체를 시도하는 것만으로도 대단한 일이기 때
문입니다.

　　그러니까, 우리의 도시에,

　　우리에게 전해진 이야기에 따르면,

　(보카치오는 이렇게 말합니다. 도시, 그것은 피렌체입니다)

　부유하고 힘 있는, 뚱뚱한 상인이 있었는데,

　　그는 부인과의 사이에서 아이 하나를 얻었습니다.

　　그 일이 있고, 거의 곧바로,

　　사업을 정리하고는,

　　그는 이 세상에서 저 세상으로 갔습니다.

어머니는 살아남았습니다. 후견인들이 임명되었는데,

　　　　정직하고, 신중하고, 엄격한 사람들로,

　　　　미성년자의 재산을 잡아두는 것을,

　　　　자기들의 명예로 여길 수 있는 사람들이었습니다.

　그 청년은, 주변을 이리저리 돌아다니다,

　　　　당장에 비슷한 나이의 소녀를 향해

　　　　심장이 부드러워지는 것을 느꼈습니다.

　　　　소녀의 아버지는 재단사였습니다.

조금씩 아이는 어른이 되고,

시간은 습관을 사랑으로 바꾸었고,

　　　　그 결과 제롬은

실비아를 보지 않고는 하루도 살 수 없었습니다.

이웃 청년에 익숙해진 소녀는

사랑받았듯이 자신도 곧 사랑하게 되었습니다.

어머니는 이런 위험을 알아차리고는,

아들을 야단치고, 오랜 시간 훈계했지만,

힘으로도 말로도 아무것도 얻을 수 없었습니다.

　　　　이 세상에서 부는 모든 것을 변하게 할 수 있고,

　　　　수풀로 오렌지나무를 만들 수 있다고,

그녀는 믿고 있었습니다.

그래서 후견인들을 비난하고,

어머니는 말했습니다. "여기 이 아이는,

아직 열네 살이 안 됐어요, 다행히도!

이 아이는 내 여생을 슬픔에 잠기게 할 거예요.

　　　　고용인의 딸에게

　　　　홀딱 반해서는,

얼마 안 가, 그를 막지 않는다면,

　　　　깨어나보면 나는 할머니가 되어 있을 거예요.

저녁에도 아침에도, 그녀를 떠나지 않는답니다.

　　　　내 생각에, 그녀의 이름은 실비아예요.

그녀 품에서 어떤 다른 사람을 본다면,

　　　　그는 속이 타들어 쇠약해지고 말 거예요.

그러니까, 당신들의 동의를 얻어,

　　　　그를 멀리 여행 보내야 해요.

　　　　그는 젊고, 소녀는 현명하니,

　　　　분명 그녀는 그를 잊을 거예요.

그리고 우리는 그를 적당한 여자와 결혼시키게 되겠죠."

　　　　후견인들은 부인이

　　　　아주 분별 있는 이야기를 했다고 했습니다.

"자네는 이제 다 자랐네, 그들은 제롬에게 말합니다,

　　　　이곳저곳을 돌아보는 것이 좋겠네.

파리에서 며칠을 보내고,

　　　　신사가 무엇인지,

올바른 어법이 무엇인지, 그곳 사람들은 어떻게 사는

지를 보고,

　　　　돌아오게 될 거라네."

이 충고에, 소년은, 사람들이 생각하듯,

　　　그것은 자신에게 아무 도움도 되지 않으며,

　　　자신은 사람들이 어떻게 사는지 피렌체에서도

　　　잘 볼 수 있었다고 대답했습니다.

　　　그 말에, 화가 난 어머니는

우선 온갖 욕설로 답합니다.

이어 그녀는 부드러운 태도로 아이를 다룹니다.

　　　그를 설득하고, 그에게 간청합니다.

그는 후견인들에게 복종해야 합니다.

기껏해야 일 년 동안 붙잡아둘 뿐이라고

그에게 약속했습니다. 수없이 간청하고,

마침내 그는 굴복합니다. 그는 고향을 떠납니다.

　　　그는 떠납니다, 사랑을 가득 안고,

　　　밤을 세고, 낮을 세며,

자신의 뒤에 삶의 반을 남겨두고서.

유배는 이 년 동안 계속되었습니다. 그 긴 시간이 지나,

　　　제롬은 피렌체로 돌아왔습니다.

그 어느 때보다 사랑의 고통으로 상처 받고,

틀림없이 보상받으리라 믿으면서.

　　　하지만 부재는 커다란 잘못입니다.

청년이 멀리서 이곳저곳 떠도는 동안,

　　　소녀는 결혼을 했습니다.

아르노 강변을 다시 보았을 때,

오
월
의
밤

그가 그곳에서 발견한 건

잊힌 희망의 무덤뿐.

그가 아무 불평도 하지 않은 건,

세상이, 이럴 때,

어떻게 하는지 알기 때문이었습니다.

그는 신의를 저버린 여인의 집을 알고 있었고,

매일 하나의 신호, 하나의 눈길,

사랑하는 사이에 하는 것 같은, 사소한 것을 기대

하며

문간을 지나곤 했습니다.

하지만 그의 발걸음은 아무 소용 없었습니다.

실비아는 더 이상 그를 알아보지 못했고,

그 사실에 그는 극심한 고통을 느꼈습니다.

하지만, 그로 인해 세상을 하직하기 전,

그는 추억이

스스로 이야기하기를 원했습니다.

남편은 질투심 강한 사람도,

부인을 감시하는 사람도 아니었습니다.

어느 날 저녁, 신혼 부부는

이웃집에서 밤 모임을 갖고 있었고,

새벽 무렵, 제롬은,

집 안으로 들어가, 침대 옆,

천 뒤에 숨었습니다.

남편은 직조공이었고,

　토스카나식 발코니에 놓는

　　이런 종류의 천을 만들고 있었습니다.

　잠시 후 부부가 들어왔고,

　　바로 잠자리에 들었습니다.

　남편이 잠든 기척을 듣고,

어둠 속에서 제롬은 실비아에게 다가가,

　그녀의 가슴 위에 손을 놓으며,

부드럽게 말합니다. "나의 영혼이여, 잠들었나요?"

　가련한 아이는, 유령을 봤다고 생각하고는,

　소리를 지르려 했습니다. 청년은 덧붙여 말했습니다.

"소리 지르지 말아요, 당신의 제롬이라오.

　　──제발, 실비아가 말합니다,

　　가세요, 부탁이에요.

　우리의 유년 시절 서로 사랑할 여유가 있었던

　우리 삶의 시간은 지나갔어요.

　　보다시피, 나는 결혼했어요.

　내가 묶여 있는 의무 속에서,

　　당신을 다시 만나거나 당신 목소리를 듣고자

　　하는 것은 이제 온당치 않아요.

만일 남편이 다가와 당신을 덮친다면,

　　내게 일어날 수 있는 가장 작은 불행은

평안을 잃게 되는 일이란 걸 알아두세요.

오
월
의
밤

그는 나를 사랑하고 나는 그의 아내라는 생각을 하세
요."
　　이 말에, 불행한 연인은
　　　　영혼 밑바닥까지 비탄에 빠졌습니다.
　　자신의 고통, 변함없음, 불행을 공들여 이야기해도
　　　　헛수고일 뿐.
　　　　약속과 애원,
　　모든 근심은 아무것도 얻어낼 수 없었습니다.
　　　　그때, 다가오는 죽음을 느끼고,
　　그는 부탁했습니다, 마지막 호의로,
　　　　잠시 동안만
　　　　그녀 옆에 누울 수 있게,
　　　　움직이지도 그녀에게 손대지도 않을 것이며,
　　　　심장에 치명적인 얼음 덩어리를 지녔기에,
　　단지 몸을 녹이기 위해서일 뿐이며,
　　한마디 말도 건네지 않을 것이고,
　　　　곧 떠나 평생 그녀를
　　　　다시는 만나지 않겠다는 약속과 함께.
젊은 부인은, 어떤 연민을 느끼고는,
　　　　조건을 달고,
　　　　그의 욕망을 채워주려 했습니다.
제롬은 연민의 순간을 이용했습니다.
　　　　　　그는 실비 곁에 누웠습니다.

그때 자신이 이 여인을 향해

　　얼마나 긴 우정을 갖고 있었는지,

　　자신이 얼마나 잔인했었는지 하는 것과,

영원히 상실된 희망을 생각하고는,

그는 고통 받기를 멈추고자 결심하고,

마지막 숨 속에,

　　모든 생명력을 모아,

　　사랑하는 여인의 손을 잡고,

　　그녀의 곁에서 숨을 거두었습니다.

　　실비아는, 약간은 놀라고,

　　그의 고요함에 탄복하며,

얼마간은 망설였습니다.

　　"제롬, 여기에서 나가야 해요,

　　마침내 그녀가 말합니다, 시간이 흘러요."

　　그가 침묵을 지키고 있었기에,

그녀는 그가 잠들었다고 생각했습니다.

　　그래서 반쯤 일어나,

낮은 소리로 부드럽게 그를 부르며

　　그를 향해 손을 뻗으니,

　　얼음처럼 차가워진 그.

　　처음엔 놀랐다가

　　곧, 더 힘주어 그를 만져보고,

　　자신의 노력이 소용없음을 알고는,

오
월
의
밤

그가 죽었다는 사실을 깨달았습니다.

어떻게 하면 좋을까요? 그런 순간에

그것을 알기는 쉽지 않았습니다.

남편의 충고를 구할 생각에

그녀는, 그를 잠에서 끌어내,

불과 얼마 전 닥친 불행인 양,

누구에게 어느 곳에서 일어난 일인지는 밝히지 않고,

제롬의 이야기를 했습니다.

"그런 경우에는, 호인은 대답합니다,

자기 집으로 비밀스럽게

시체를 옮기는 것이 최선일 것이오,

부인의 신변에 아무런 해가 없었고,

불행은 그의 운명이었으니,

원한을 품지 말고 그를 그곳에 놓아두어야 하오.

──그러니 우리도 그렇게 해야 해요.",

부인이 말합니다. 그리고, 남편의 손을 잡고,

그녀는 자신의 옆

침대에 누워 있는 시체를 만지게 합니다.

이 뜻밖의 충격에 당황했음에도,

남편은 일어나, 촛불을 켭니다.

더 이상 말을 하지 않고,

부인이 정숙하다는 것을 알기에,

등에 시체를 지고는,

몰래 그의 집으로 옮겨,

　　문 앞에 내려놓고,

들키지 않고 되돌아옵니다.

날이 밝아, 청년이 땅바닥에 누워 있는 것이

　　발견되자,

　　소문이 무성했습니다.

　　이 불행 속에서, 가장 나쁜 것은,

　　어머니의 절망이었습니다.

곧 의사가 진찰하고,

　　시체는 꼼꼼히 조사되고,

　　거기에 아무런 상처도 없었기에,

　　각자 자기 나름대로

　　이 불길한 사건에 대해 이야기했습니다.

　　대개는

　　연인에 대한 사랑이

제롬을 이러한 불운 속으로 내던졌고,

　　그는 슬픔을 견디지 못해 죽었다는 의견이었습니

다.

　　그건 사실이기도 했지요.

시체는 교회로 옮겨지고,

불행한 어머니는 그곳에 와,

　　슬픔에 잠긴 친구들에게 둘러싸여,

　　뼈저린 고통을 표현했습니다.

사람들이 관을 들고 오는 동안,
직조공은, 영혼 깊숙한 곳에서,
불안감을 느꼈습니다.
"당신이, 그는 부인에게 말합니다,
외투를 걸치고,
어제 집에서 죽은
소년의 장례가 치러지는 교회에
가보는 것이 좋겠소.
예기치 못한 이 죽음에 관해 비난받지 않을까
나는 얼마간 두렵고,
아무리 결백하다 해도,
곤란해질 수가 있소.
나는 남자들 사이에서 조심하고,
모든 것을 듣고, 신께 기도할 것이오.
당신도, 여자들이 모인 곳에서
그렇게 하도록 하시오.
훌륭한 영혼이 우리에 대해 말하는 것을
명심하고, 우리는 우리가 듣는 대로
행할 것이오."
뒤늦게 연민을 느낀 실비에게
이 말은 마음에 들었습니다.
한 번의 입맞춤이 생명을 이어주었을,
그를 다시 한번 보고자, 그녀는 갔습니다.

기이하고, 설명하기 힘든

　　사랑의 힘이란

　　얼마나 알 수 없는 것인지.

　　그 심장, 그토록 순결하고 그토록 엄격한,

　　운명이 순조로울 때는

　　영원히 닫혀버린 것 같았던 그 심장은,

　　갑자기 불행에 빠져 들었습니다.

　　교회 안으로 들어서자

　　실비아는 연민과 공포에

　　휩싸였습니다.

예전의 사랑이 모두 되살아나

고개를 숙인 채, 외투로 몸을 감싸고,

　　슬픔에 잠긴 사람들을 지나,

관까지 갔습니다.

　　그리고 거기, 관을 덮고 있는 천 밑에서

　　친구를 발견한 직후,

　　실신하듯, 비명을 지르며,

　　누이가 형제를 안듯이,

　　그녀는 관 위로 쓰러졌습니다.

그리고, 고통이 제롬을 죽였듯이,

　　고통으로 그렇게 실비아는 죽었습니다.

　　이번에는 청년이

　　침대의 반을 양보해야 했습니다.

오
월
의
밤

서로의 곁에 둘은 묻혔습니다.
이렇게, 지상에서 헤어진 두 연인은
결합되었고, 죽음은
사랑이 할 수 없었던 일을 했습니다.

안녕

안녕! 이 생에서는 두 번 다시
너를 보지 못하리.
신이 지나가며 너를 부르고 나를 잊는다.
너를 떠나며 널 사랑했음을 느끼네.

눈물도 헛된 탄식도 말고,
나는 미래를 존중하려 해.
너를 데려갈 베일이여, 오라,
나는 미소로 떠나는 베일을 바라보겠네.

희망에 가득 차 떠나간 너는
자랑스레 돌아오리.
하지만 너의 빈 자리로 고통 받을 사람들을
알아보지 못하리.

    안녕! 너는 이제 아름다운 꿈을 꾸며
위험한 쾌락에 도취하리니.
길을 가는 도중 떠오르는 별은
여전히 오랫동안 너의 두 눈을 사로잡으리.

    어느 날 너는
    우리를 이해하는 마음의 값어치를,
    그 마음을 앎으로 발견하는 이득과,
    그 마음을 잃음으로 받는 고통을 느끼게 되리.

소네트

아니다, 죽어버린 이 심장에서
쓰라린 고통이 되살아난다 해도.
아니다, 내 나아갈 길에
아직 희망의 꽃이 싹튼다 해도.

수줍음, 우아함, 순결함이
너에게 다가와 나를 측은히 여기며 매혹할 때에도,
아니다, 무지(無知)로 너무도 아름다운, 소중한 여인,
나는 너를 사랑할 수 없으리, 감히 사랑할 수 없으리.

하지만 어느 날 세상이 아무것도 아닌
그런 지고의 순간이 너에게로 다가갈 터.
그때 내 경의를 기억하기를!

기쁨 혹은 고통 속에서, 너는 발견하리라,

네 손을 잡는 보잘것없는 내 손을,
네 심장의 이야기를 듣는 보잘것없는 내 심장을.

결코

결코, 우리 주위에서 슈베르트의 구슬픈 음악이
울리고 있을 때 당신은 말했습니다.
결코, 의지와는 상관없이 커다란 두 눈에서
우수 어린 창공이 빛날 때 당신은 말했습니다.

결코, 고대의 메달이 미소 짓는 것을 보았다 생각했을지도
모를
창백하고 부드러운 태도로 당신은 다시 말했습니다.
하지만 비밀스러운 보물의 오만하고 수줍은 본능은
질투심 많은 베일처럼 당신을 홍조로 덮었습니다.

당신은 무슨 말을 했습니까, 여인이여, 얼마나 유감스러운
일인지,
아, 당신을 사랑한다 말하며
그 매혹적인 얼굴도 그 아름다운 미소도 보지 못했습니다.

당신의 푸른 두 눈도 당신의 아름다운 영혼만큼 부드럽지
않습니다.

당신의 두 눈을 보면서도 나는 영혼을 그리워할 뿐이며,

한창 아름다울 때 그런 심장이 닫히는 것을 봅니다.

즉흥시

시란 무엇인가에 대한 답변

기억은 전부 몰아내고, 생각을 집중하라,

아름다운 황금 축 위에서 균형을 유지하라,

생각은 불확실하고, 동요하나 변치 않으니.

순간의 꿈이라도 영원케 하라.

진실과 아름다움을 사랑하고, 그 조화를 찾으라.

자신의 가슴속에서 천재적 재능의 메아리를 들으라.

홀로, 아무런 목적도 없이, 되는 대로, 노래하고, 울고, 웃
으라.

하나의 웃음으로, 하나의 단어로, 하나의 탄식으로, 하나의
눈길로

두려움과 매력으로 가득 찬, 걸작을 만들라,

　　　　한 방울의 눈물로 진주를 만드는 것,

이것이 세상 시인의 열정이자,

선(善)이고, 삶이며 야망이다.

잃어버린 저녁

어느 날 저녁,[152] 나는 테아트르 프랑세[153]에 혼자 있거나,
아니면 거의 혼자 있었다. 작가는 큰 성공을 거두지 못했다.
몰리에르라는 이름뿐, 우리는 한때는 '알세스트'[154]를 만들어낸
이 위대한 서투른 작가가, 정신을 기분 좋게 자극하고
무르익은 대단원을 적절히 준비하는 훌륭한 기술을 알지 못했다는 사실을
너무도 잘 안다.
다행히 우리의 작가들은 방법을 바꾸었고,
우리는 꽃무늬 장식처럼 얽히고설킨 줄거리가
갈대 피리 주위의 그림 수수께끼처럼 돌아가는
인기 있는 어느 드라마를 훨씬 더 좋아한다.

하지만 나는 그 간결한 하모니를 듣고 있었다,
양식이 천재성을 얼마나 잘 표현하는지를.

자신의 소박함을 그리도 자랑스럽게 여기는 그 사람이

준엄한 진리를 향한 어떤 사랑을,

세상사에 대한 어떤 위대하고 진실한 깨달음을,

너무도 슬프고 너무도 심오해서, 금방 소리 내어 웃고 난 후
눈물짓게 될

어떤 힘찬 쾌활함을 가졌는지 탄복하고 있었다!

자문하고 있었다. 감탄으로 충분한가?

다른 곳에서 무슨 일이 일어나든 걱정하지 않고,

어느 날 저녁, 우연히 와서는

영혼 깊숙한 곳에서 자연의 외침을 듣고,

눈물을 닦고, 이렇게 떠나는 것으로 충분한가?

그런 몽상에 잠겨 있었다,

하지만 작은 쌍안경으로 관람석을 둘러보던 나는,

내 앞에서, 땋아 늘인 검은 머리채 아래

쾌활하게 흔들리는 날씬하고 매혹적인 목을 보았다.

상아에 박아놓은 흑단 같은 모습에

기억 저편 앙드레 셰니에의 시구가 떠올랐다,

후렴구가 미완인, 거의 알려지지 않은 시,

우연처럼 신선하고, 씌어진 것이라기보다는 꿈꾸어진 시구
가.

몰리에르 앞이지만 감히 떠올랐다.

위대한 몰리에르의 그림자는 그로 인해 기분이 상하지는
않았으리라.

계속 들으면서, 나는 아주 작은 소리로 중얼거리고 있었다,
거의 아무런 짐작도 하지 못하는 그 아이를 바라보며,
"당신의 사랑스러운 머리 아래로, 희고 우아한 목이
숙여지고, 그건 눈〔雪〕의 찬란함을 무색케 할 것이오"라고.

나는 계속 생각에 잠겨 있었고 (생각이란 그런 것이니)
이 정도로 버림받은 예전의 솔직함은,
우리의 세련됨과 풍자 정신은 결국
우리에게 마음이 결여되었음을 믿게 하리라.
몰리에르 주변의 이러한 고독은
슬프고도 수치스러운 불행이었다.
하지만 노래에도 있듯이,
이 시대를 벗어나거나, 극복해야 할 시간이 왔다.
곤경에 빠진 이 무대와 뮤즈가 죽어버린 끔찍한 수치를
무엇에 비해야 한단 말인가?
비겁함이 우리를 억압하고, 어리석은 자들은
이 오랜 태양 아래, 모든 것이 지금 이루어졌다고 말한다.
인간 가족의 결함이
매년, 매주 새로워지지 않는 것처럼.
우리의 세기는 자신의 풍습, 따라서, 진리를 가진다.
감히 그것을 말하는 자는 언제나 신뢰를 얻는다.

아! 나는 감히 말하리라, 능숙하게 잘 말한다는 생각이 들

면,
　나는 감히 풍자의 회초리를 주워 모으리라.
　그리고 오래전, 몇 개의 서툰 시구에 화를 내던
　초록빛 리본의 그 사람에게 검은 옷을 입히리라.
　오늘 그가 대도시 파리로 돌아온다면,
　그는 고약한 여인과 고약한 소네트보다도
　자신의 분노를 돋우는 데 더 나은 것을 그곳에서 발견하리
라.
　진열장에 넣어야 할 다른 것도 우리는 가지고 있다.
　오, 우리 모두의 스승이여, 만일 당신의 무덤이 닫혀 있다
면,
　잠시 되살아난 당신의 재 속에서
　불씨 하나를 찾게 하소서, 나는 당신을 따라 할 테니!
　그런 시도만으로도 내게는 힘겨울 것이다.
　당신의 용감한 입을 통해, 어떤 어조로,
　당신의 유일한 정열인 진실을 말했는지 가르쳐주소서.
　나를 표현하기 위해서, 재능이 없는 나는
　그 용기와 분노를 가져야 하니!

　이렇게 터무니없는 몽상에 잠겨 있었지만
　내 앞에는, 어머니 곁에,
　여전히 아이가 있었고, 날씬하고 흰 목은
　검은 머리채 아래에서 부드럽게 흔들리고 있었다.

공연이 끝나자, 매혹적인 미지의 소녀도
일어섰다. 아름다운 목, 반쯤 드러난 어깨가
가려지고, 손은 토시 속으로 미끄러져 들어갔다.
그녀의 집 문간으로 그녀가 사라지는 것을 보고,
나는 그녀를 뒤쫓아 온 나를 깨달았다.
아! 친애하는 나의 친구, 이것이 내 전 생애다.
내 정신이 의지를 찾는 동안,
내 육체도 의지를 갖고 아름다움을 뒤쫓았다.
이런 몽상에서 깨어났을 때,
내게 남은 것은 소중한 영상(影像)뿐.
"당신의 사랑스러운 머리 아래로, 희고 우아한 목이
숙여지고, 그건 눈의 찬란함을 무색케 할 것이오."

슬픔

나는 힘과 생기,
친구들과 쾌활함을 잃었다.
천재성을 믿게 했던
자존심도 잃었다.

진리를 접했을 때,
그것이 나의 벗이라 믿었다.
진리를 이해하고 느꼈을 때,
이미 그것에 진저리 치고 있었다.

하지만 진리는 영원하고,
진리를 모르고 산 사람들은
세상에서 아무것도 알지 못한 셈이다.

신이 말씀하시니, 우리는 답해야 한다.

세상에서 내게 남은 유일한 재산은
이따금 눈물 흘렸다는 것.

추억

감히 당신을 다시 보고, 영원히 신성한 장소여,
울고 싶었지만 나는 참았다고 믿었습니다.
오, 가장 소중하나 가장 잊힌 무덤이여,
　　　추억이 잠들어 있는!

대체 당신들은 이 고독의 무엇을 두려워하는지,
친구들이여, 당신들은 왜 내 손을 잡았나요,
너무도 부드럽고 너무도 오랜 관습이
　　　내게 이 길을 가르쳐주는데도?

여기 있습니다, 이 작은 언덕, 이 꽃핀 히스,
말없는 모래 위로 난 이 은빛 발자국들,
우리 둘의 이야기로 가득 찬 이 다정한 오솔길,
　　　그곳에서 그녀는 팔로 나를 감싸 안았습니다.

여기 있습니다, 이 짙은 녹색의 전나무,
굴곡이 완만한 이 깊은 골짜기,
이 야생의 친구들, 그들의 오래된 속삭임은
　　　내 아름다운 나날들을 달래주었습니다.

여기 있습니다, 내 온 젊음이
내 발소리에 새떼처럼 노래하는 이 덤불.
매혹의 장소, 내 연인이 지나간 아름다운 사막이여,
　　　나를 기다리지 않았는지?

아! 흐르는 눈물을 내버려두어요, 내게 눈물은 아주 소중합
니다,
아직도 아물지 않은 심장의 상처에서 흐르는 이 눈물은!
눈물을 닦지 말아요, 내 눈꺼풀 위에
　　　과거의 베일을 남겨두어요!

우리 행복의 증인인 이 숲의 메아리 속에
쓸데없는 미련을 던지러 온 것은 결코 아닙니다.
고요한 아름다움을 지닌 이 숲은 자존심이 강하고,
　　　나의 심장 역시 그렇습니다.

무릎 꿇고 친구의 무덤에 기원하는
저 사람은 뼈저린 탄식에 빠져 있습니다.

모든 것은 이곳에서 숨 쉽니다. 이곳에 묘지의 꽃은
　　　한 송이도 돋아나지 않습니다.

보아요! 나무 그늘 사이로 달이 떠오릅니다.
당신의 눈길은 아직도 떨고 있군요, 아름다운 밤의 여왕이
여.
하지만 이미 어두운 지평선에서 벗어난
　　　당신은 활짝 피어오릅니다.

아직도 비에 젖은 이 땅에서
당신의 광명 아래, 모든 낮의 향기가 나옵니다.
똑같이 고요하고, 똑같이 순수한, 흔들리는 내 영혼에서
　　　오래된 내 사랑이 나옵니다.

내 삶의 고통은 어떻게 되었는지?
나를 늙은이로 만들었던 모든 것은 이제는 아주 오랜 옛일
일 뿐.
다정한 이 골짜기를 보는 것만으로
　　　나는 다시 어린아이가 됩니다.

오, 시간의 힘이여! 오, 유수 같은 세월이여!
당신은 우리의 눈물, 우리의 외침과 우리의 회한을 앗아갔
습니다.

하지만 연민에 사로잡혀 있는 당신은 결코 우리의 시든 꽃을 밟고
　　　　지나가지 않습니다.

온 마음으로 당신을 축복합니다, 위안을 주는 선량함이여!
그런 상처로 그렇게 고통 받을 수 있다는 사실을
상처 자국이 그토록 부드럽게 느껴질 수 있다는 사실을
　　　　결코 믿지 않았습니다.

흔한 고통의 익숙한 수의인
헛된 말, 하찮은 생각은 내게서 멀리 사라지고,
한 번도 사랑한 적 없는 사람들이 와서
　　　　지나간 그들의 사랑을 이야기하기를!

단테여, 어째서 고통의 나날에 떠오르는 행복한 추억이
더 심한 불행일 뿐이라 하나요?
어떤 아픔이 당신에게 그런 가혹한 말을 하게 했나요,
　　　　불행에 대한 그런 무례를?

빛이 존재하지 않는다고
밤이 오면 빛을 잊어야 하나요?
영원히 비탄에 잠긴 위대한 영혼이여,
　　　　그런 말을 한 것이 진정 당신입니까?

아닙니다, 나를 비추는 이 촛불의 환한 빛에 걸고,

신성 모독을 찬양하는 당신의 말은 심장에서 나온 것이 아닙니다.

세상에서 행복한 추억은
행복보다 더 진실합니다.

뭐라고요! 근심이 잠들어 있는 뜨거운 재 속에서

불씨를 발견하는 불행한 자,

불꽃에서 눈길을 떼지 못하고 그 위에 넋을 잃고 시선을 고정시키는
불행한 자여.

그의 영혼이 잃어버린 과거 속에 파묻힐 때,

눈물 흘리며 깨어진 거울에 대한 생각에 빠져 있을 때,

당신은 그에게 틀렸다고, 그의 작은 기쁨은
끔찍한 고통에 지나지 않는다고 이야기합니다!

당신이 이 말을 할 수 있었던 것은

당신의 프랑수아즈에게, 영광스러운 당신의 천사에게 입니다.——

자신의 이야기를 하기 위해
영원한 입맞춤을 멈추어야 하는!

정의로운 신이시여, 인간의 사고란 대체 무엇입니까?
진실이라는 것이 누군가가 의심한 적 없는
그토록 정확하고 그토록 분명한 기쁨이나 고통이라면
　　　누가 그것을 사랑할 수 있겠습니까?

대체 당신은 어떻게 살아갑니까, 기이한 피조물이여?
당신은 웃고, 노래하고, 성큼성큼 걸어갑니다.
하늘과 그 아름다움, 세상과 그 오점에
　　　당신은 동요하지 않습니다.

하지만, 우연히 운명이 당신을
어느 잊힌 사랑의 기념물로 데려갈 때,
조약돌이 당신을 멈추게 하고, 당신 발에 부딪히는 조약돌
은
　　　당신에게 고통을 줍니다.

그때 당신은 삶이 꿈이라고 외칩니다.
당신은 잠에서 깨어나듯 몸을 비틉니다.
그토록 유쾌한 거짓말이 한순간밖에는 지속되지 않는다는
사실을
　　　당신은 유감스럽게 생각합니다.

불행한 자여! 무감각해진 당신의 영혼이

이 세상에서 끌고 가는 쇠사슬에서 해방된 그 순간,
그 덧없는 순간은 당신의 전 생애였습니다.
　　　후회하지 마십시오!

당신을 대지에 못 박는 무기력을,
진흙탕과 피 속에서의 동요를,
희망 없는 당신의 밤과 빛이 들지 않는 당신의 낮을 유감스
럽게 여기시오.
　　　무는 바로 거기 있습니다!

당신의 냉정한 원칙들 중에서 머리에 떠오르는 것이 있나
요?
변덕스러운 미련은 하늘에 무엇을 요구하고
당신은 자신의 파멸 위에 무엇을 씨 뿌리나요,
　　　시간의 매 걸음마다.

그렇습니다, 분명, 모든 것은 사라집니다. 이 세상은 거대
한 꿈이고,
도중에 우리에게 다가오는 작은 행복은,
우리가 그 갈대를 더 빨리 손에 넣지 않기에,
　　　바람이 앗아가 버립니다.

그렇습니다, 첫 입맞춤,

그렇습니다, 두 사람이 지상에서 나눈 최초의 맹세는
바람에 잎 떨어진 나무 밑동,
　　　먼지 된 바위 위에 있었습니다.

그들은 끊임없이 변하는 계속 흐린 하늘과,
　　자신에게서 나오는 빛이 잇달아 삼켜버리는 이름 없는 별
들을
　　덧없는 기쁨의 증인으로 삼아
　　　　　기도합니다.

그들 주변의 모든 것은 사라질 것입니다. 나뭇가지 속의 새
도,
　　손안의 꽃도, 발밑의 벌레도,
　　잊힌 그들 얼굴이 물에 비쳐 어른거렸던
　　　　　이제는 말라버린 샘도.

그 모든 잔해 위에서 서로의 손을 잡고,
　　한순간 쾌락의 섬광에 넋이 나간
　　그들은 죽어가는 것을 바라보는
　　　　　그 부동의 존재에서 벗어났다 믿었습니다.

　　──미치광이들이여! 현자는 말합니다. ── 행복한 사람들
이여! 시인은 말합니다.

세차게 흐르는 물소리에 동요되고 불안해지며
부는 바람이 두려운 당신은
대체 어떤 슬픈 사랑을 가슴에 품고 있나요?

나는 태양 아래 나뭇잎과 물거품과는 다른
많은 것들이 죽어가는 모습을 보았습니다.
장미 향기와 새들의 노랫소리와는 다른
　　　많은 것들이 사라지는 모습을 보았습니다.

무덤 깊숙이 죽어 있는 줄리엣보다 더 슬픈 것들을,
어둠의 천사에게 바친
로미오의 건배보다 더 끔찍한 것들을
　　　내 두 눈으로 보았습니다.

영원히 가장 소중한, 내 유일한 여자 친구가
흰 무덤이 되는 것을,[155]
소중한 우리 죽음의 잔해가 떠도는
　　　살아 있는 무덤이 되는 것을 보았습니다.

가련한 우리 사랑의 깊은 밤,
그토록 부드럽게 뛰던 심장 위에서 우리가 가졌던 것!
그것은 삶을 넘어선 것, 아!
　　　사라진 것은 하나의 세계였습니다.

오
월
의
밤

그렇습니다, 아직도 젊고 예쁜 그녀, 감히 더 아름다워졌다
고 말할 수 있는
그녀를 보았습니다. 두 눈은 예전처럼 빛나고
입술은 반쯤 열려 있었습니다. 그것은 미소,
        그것은 목소리였습니다.

그 목소리도, 부드러운 말투도
나의 시선과 뒤섞이던, 내가 무척이나 사랑한 시선도 아니
었습니다.
아직도 그녀로 가득 찬 나의 심장은 그녀의 얼굴 위를 떠돌
고 있었지만,
        더 이상 그녀를 발견하지 못했습니다.

아닙니다. 미지의 여인이 우연히
그 목소리와 그 눈을 가졌다고 느꼈습니다.
그 차가운 조각상이 지나가도록 내버려두고
        하늘을 바라보았습니다.

아! 사라진 존재의 웃음 띤 작별의 말은
끔찍한 재앙임이 분명합니다.
아! 더 이상 무엇이 중요하단 말입니까? 오, 자연이여! 오,
나의 어머니여!
        당신은 나를 덜 사랑했나요?

지금 내 머리 위로 벼락이 떨어질 수도 있습니다.
그 추억은 결코 내게서 떼어낼 수 없습니다!
폭풍으로 만신창이가 된 선원처럼
　　　나는 거기에 매달려 있었습니다.

들판에 꽃이 피는지,
인간의 환상이 어떻게 될 것인지,
이 거대한 하늘이 내일도 빛을 발할 것인지,
　　　아무것도 알고 싶지 않습니다.

그저 혼잣말을 할 뿐. "그 시간, 그곳에서,
어느 날, 나는 사랑받았고, 사랑했고, 그녀는 아름다웠습니다.
이 보물을 불멸의 내 영혼 속에 묻고,
　　　신에게로 가져가렵니다!"

.

소네트

자신이 가장 가능성 있다고 생각하고도 단지 서로 사랑만
하기,
속임수도, 얼버무림도, 수치심도, 거짓도 없이
우리를 속이는 욕망도 우리를 괴롭히는 회한도 없이,
단둘이 살고 항상 자신의 심장을 주기.

이해할 수 있는 만큼 멀리까지 그의 생각을 존중하고,
자신의 사랑을 꿈이 아닌 빛으로 만들고,
그 빛 속에서 자유롭게 숨 쉬기 ──
라우라는 그렇게 살아 숨 쉬었고 그의 연인은 그렇게 노래
했습니다.

걸음을 뗄 때마다 지고의 우아함에 도달하는 당신,
머리는 꽃으로 장식된, 의심 없이 믿을 수 있는 바로 당신입
니다.

그렇게 사랑해야 한다고 내게 말한 것은 바로 당신입니다.

당신의 말을 듣고, 생각하고, 당신에게 이렇게 대답하는 것
은
의심 많고 신을 모독하는 늙어버린 아이인 바로 나입니다.
그렇습니다, 사람들은 달리 살아갑니다. 하지만 사람들은
그렇게 사랑합니다.

안녕히 쉬종

안녕히 쉬종, 금발의 장미,
여드레 동안만 나를 사랑한 여인아.
이 세상의 가장 짧은 쾌락이
흔히 가장 아름다운 사랑이 되기도 한다네.
널 떠나는 이 순간,
내 떠돌이별이 나를 어디로 데려갈지 나는 모른다.
하지만 나는 가련다, 사랑하는 이여,
  아주 멀리, 아주 바삐,
  줄달음질 치면서.

나는 떠나고, 뜨거운 내 입술 위에는
아직 너의 마지막 입맞춤이 불타고 있다.
내 양팔에, 조심성 없는 아가씨,
방금 너의 아름다운 얼굴이 와서 놓였다.
내 심장의 고동이 느껴지느냐?

너의 심장도 얼마나 힘차게 뛰었던가!
하지만 나는 간다, 사랑하는 여인아,

　　　아주 멀리, 아주 바삐,

　　　여전히 널 사랑하며.

털썩! 내 말〔馬〕에 떠날 채비를 하는 소리다.
아이야, 내 가는 길에
심술궂은 널 데려갈 수는 없을까,
내 손은 네 머릿결의 향기로 온통 물들었는데!
요정처럼 도망치며
너는 미소 짓는다, 작은 새침데기.
하지만 나는 간다, 사랑하는 여인아,

　　　아주 멀리, 아주 바삐,

　　　활짝 웃으면서.

다정한 아이, 너의 부드러운 작별의 말에는
얼마나 많은 슬픔과 매혹이 깃들었느냐!
너의 두 눈에 진실이 담겨 있을 때,
모든 것이, 너의 눈물까지도 나를 취하게 한다.
너의 눈길은 나를 살고 싶게 만든다.
그 눈길은 죽어가는 나를 위로하겠지.
하지만 나는 간다, 사랑하는 여인아,

　　　아주 멀리, 아주 바삐,

온통 눈물에 젖어.

만일 네가 나를 잊는다 해도,
쉬종, 우리의 사랑이 아직 잠시 더 지속되기를.
창백해진 꽃다발처럼,
그 사랑을 매혹적인 너의 품 안에 감추어두어라!
안녕히, 행복은 이 집에 머무르고,
추억은 나와 함께 떠나리니.
추억은 내가 가져가련다, 사랑하는 여인아,
       아주 멀리, 아주 바삐,
       언제나 너를 생각하며.

독자에게 보내는 소네트

독자여, 지금까지의 오랜 관례에 따라
나는 첫 장에서 인사를 했다.
이번에 내 책은 그다지 유쾌하게 끝나지 않는다.
사실, 이 세기는 좋지 않은 시기다.

모든 것이 지나간다, 쾌락과 다른 시대의 풍속,
왕들, 패배한 신들, 세상을 가득 채운 우연,
너무 신중해 보이는 로잘랭드와 쉬종,
나를 어린아이로 다루는 늙은 라마르틴이.

정치, 아, 우리의 불행이 바로 거기에 있다.
친한 친구들은 내게 정치를 하라고 충고한다.
오늘 저녁은 붉은색, 내일은 흰색, 물론, 나는 싫다.

사람들이 내 책을 읽고 다시 읽기를 바란다.

우연히 두 이름이 내 칠현금 위에서 뒤죽박죽된다면,
그것은 그저 니농이나 니네트일 뿐이리라.

한 방울의 눈물로 진주를 만들리라

Alfred de Musset

이 인터뷰는《뮈세 서간집*Correspondance d'Alfred de Musset, I*》(1826~1839, Paris : PUF, 1985)과 폴 드 뮈세Paul de Musset가 쓴《알프레드 드 뮈세 전기|*Biographie d'Alfred de Musset*》(Paris : Charpentier, 1898), 그리고 최근에 프랑크 레스트랭강Frank Lestringant 이 쓴 전기《뮈세|*Musset*》(Paris : Flammarion, 1999)를 참조하여 옮긴이가 가상으로 구성한 것입니다.

김미성_ 이번에 선생님의 시를 한국에 소개하고자 했던 개인적인 소망이 이루어져 아주 기쁘게 생각합니다. 선생님의 문학 작품을 공부해오면서, 한국에 본격적으로 선생님의 시가 소개되지 않은 것에 대해 늘 아쉬움을 느끼고 있었거든요. 선생님 시의 정수로 불리는 네 편의 《밤》의 시편들조차 전편이 번역된 것이 없는 형편이었으니까요. 사실 저도 처음에는 《신시집*Poésies nouvelles*》을 완역하려 했었지만, 기술적인 문제로 전체를 번역하지는 못했습니다. 전체를 번역해 한 권의 시집에 담기에는 《신시집》의 분량이 너무 많았습니다. 400페이지가 넘는 시집은 사실 너무 부담스럽다고나 할까요.

뮈세_ 그런 어려움이 있을 수 있겠군요.

김미성_ 그렇게 이해해주시니 감사합니다.

뮈세_ 먼저 《신시집》에 대해서 짚고 넘어가야 될 부분이 있는 것 같군요. 구성이 조금씩 다른 여러 《신시집》이 있으니 말입니다. 1840년에 제 생애 최초의 시 전집이 발간되었습니다. 이 전집은 3부로 구성되었는데, 1부는 1830년에 발표된 《스페인과 이탈리아 이야기Contes d'Espagne et d'Italie》를 중심으로, 2부는 1832년에 출간된 《안락의자에서 보는 연극Un Spectacle dans un fauteuil》을 중심으로 구성되었고, 3부는 '신시집'이라는 제목으로 그 이후에 쓴 시들을 엮은 것이었습니다. 1850년 2월에는 '신시집, 1840~1849'라는 제목으로 1840년 이후의 시들을 모아 다시 시집을 출간했습니다. 마지막으로 1852년 아카데미 프랑세즈의 회원으로 선출되고 나서 시 작품을 시집 두 권으로 묶어 냈는데, 그것이 제 손으로 만들어낸 마지막 판본이 되었지요. 그 하나가 《초기 시집Premières poésies》이고, 다른 하나가 《신시집》이었습니다. 짐작하셨겠지만 1852년의 《신시집》은 1840년 판과 1850년 판을 통합한 형식이었지요. 《초기 시집》에는 비교적 밝고 경쾌한 시들이 담겨 있고, 《신시집》은 인생에 대한 보다 심오한 성찰이 담긴 시들로 이루어졌다고 할 수 있습니다.

김미성_ 선생님께서 그렇게 설명해주시니 제가 이 책에 실린 시들을 선별한 기준이랄까 뭐 그런 것을 말씀드리기가 훨씬 쉬워진 것 같습니다. 우선 1840년에 발간된 《신시집》에 수록된 시들은 완역을 원칙으로 했습니다. 이 책에서는 〈롤라Rolla〉에서 〈실비아Silvia〉까지의 시들이 해당됩니다. 1850년에 발간된 《신시집》에 실린 시들, 즉 1840년 이후에 쓴 시들은 선별을 했습니다. 이후의 시들 중에서는 '밤의 시편군(群)cycle des Nuits'이라 불리는 〈슬픔Tristesse〉과 〈추억 Souvenir〉, 선생님의 후기 시론을 보여주는 〈즉흥시, 시란 무엇인가에 대한 답변Impromptu, en réponse cette question : Qu'est-ce que la poésie?〉, 1850년 판 《신시집》을 닫는 시 〈독자에게 보내는 소네트Sonnet au Lecteur〉 등을 우선 선별했고, 그 다음으로 1840년 8월에 쓴 관계로 1840년 판에 실리지 못한 〈잃어버린 저녁Une soirée perdue〉, 그리고 다른 몇 편의 시들을 선별했습니다. 이런 식으로 이 시집을 엮어보았는데, 마음에 드실지 모르겠습니다.

뮈세_ 사실 제 문학적 성숙기를 대개 1833년경부터 1837~1838년경으로 보는 게 일반적이지요. 그 후에는 건강도 여의치 못하고 해서 호흡이 긴 작품은 발표한 게 없으니 말입니다. 이번 시집은 제 시를 전부 보여줄 수는 없어도 제 문학적 역량이 최고조에 달했을 무렵에 쓴 시들은 거의 담고 있으니, 제시 세계를 전반적으로 이해하는 데는 큰 무리가 없으리라 생각합니다. 제 시를 한국에 소개해줘서 오히려 제가 고맙지요.

김미성_ 그렇게 이해해주시니 감사합니다. 사적인 질문으로 시작하게 되어 송구스럽습니다만, 1833년에서 1837~1838년경까지 쓰신 작품을 중심에 놓고 이야기를 나누려다 보니 선생님보다 여섯 살 연상이었던 여성 문인 조르주 상드

George Sand와 나누었던 러브스토리에 대해 언급하지 않을 수 없군요. 선생님께서 상드와 만난 게 1833년 6월, 결정적으로 헤어진 게 1835년 3월의 일이었으니, 사실 그 사랑은 채 2년도 지속되지 못한 것이었지요. 하긴 그토록 격정적인 사랑을 수년간 지속하는 것은 인간 능력 밖의 일로 보이기도 합니다만, 여하튼 이른바 전성기에 쓴 대부분의 작품은 그 사랑에서 영감을 얻은 것이라는 사실에는 대체로 이견이 없는 것 같습니다.

뮈세_ 그건 그렇지요. 제 문학 세계에서 조르주 상드와의 사랑이라는 전기적 사실이 지니는 중요성을 간과할 수는 없지요. 작가의 삶과 문학이 어느 정도 관련을 맺는 것은 어쩌면 당연한 일이기는 하지만, 이미 밝힌 바대로 제게 예술은 바로 '인간'이며, 제게 가장 친숙하고 제가 가장 잘 알고 있는 인간은 다름 아닌 바로 저 자신이라는 점을 생각해본다면 제가 지나온 격정적 삶이 제 문학과 배치되는 것이 아닐 뿐만 아니라, 저의 작품 세계를 이해하는 중요한 열쇠가 된다는 점을 이해하시리라 생각합니다. 저는 작가와 동떨어진 텍스트 중심 비평의 대상이 되기에는 가장 부적합한 작가 중 한 명이라고 할 수 있지요.

하지만 그 전기적 사실의 영향이 사람들이 생각하는 것처럼 유일하고 절대적인 것은 아니었다는 사실도 잊지 말아야 합니다. 상드와 헤어진 직후에 쓴 밤의 시편들만 보더라도 그런 사실을 알 수 있습니다. 단편 소설 〈베르네레트Bernerette〉

의 모델이 된 여성과의 사랑을 그리고 있는 〈8월의 밤La Nuit d'Août〉에는 사랑 받고 사랑하는 기쁨이 표현되어 있지요. 그 외에 조베르Caroline Jaubert 부인과의 사랑과 결별, 처음으로 사랑의 배신을 안겨준 첫사랑의 연인과의 기억들이 상드와의 사랑의 상처와 함께 어우러져 녹아 있다고 할 수 있습니다. 사실 제 시의 어느 부분이 어떤 실존 여성과의 사랑 이야기인가를 밝히려는 시도는 '큰 강물의 흐름 속에 뒤엉켜 있는 물줄기들이 어느 작은 시냇물에서 흘러나온 것인지를 밝히려는 것만큼이나 비현실적인 시도'라고 할 수 있지요. 상드와의 사랑이라는 불행한 사랑의 추억이 다른 사랑의 기억들과 함께 시적 상상력 속에서 어우러져 제 시 세계를 형상화했다고 보면 맞을 겁니다. 현실에서 사랑한 여러 여인이 하나의 이미지를 가진 유일하고 절대적인 여인으로 문학이라는 가상의 세계에서 다시 태어났다고 할까요.

김미성_ 사실 선생님께서는 상드 말고도 많은 연인이 있었지요? 언급하신 분들 말고도 벨지오조소di Belgiojoso 공작부인, 라 말리브랑La Malibran의 동생이며 배우인 라셸Rachel, 플로베르Gustave Flaubert의 오랜 연인이었던 루이즈 콜레Louise Colet, 선생님 문학의 붐을 다시 일으킨 주인공인 알랑 데프레오Louise Allan-Despréaux 부인이 있었고, 아, 에메 달통Aimée d'Alton도 빼놓아선 안 되네요.

뮈세_ 그만 하십시오. 쑥스럽습니다.

김미성_ 죄송합니다. 사생활을 들추자는 건 아니었고, 다만 선생님의 삶과 문학에서 상드와의 사랑만이 유일하고 절대적인 것은 아니었으리라는 생각에서 접근하려다 보니 그만 무례를 범하고 말았습니다. 이번 시집과 관련해서 상드에 대한 이야기로 되돌아가도록 하죠. 상드와의 사랑은 '베네치아의 연인les Amants de Venise'에 관한 수많은 해석과 추측, 비평과 작품을 낳았습니다. 19세기를 통틀어 그토록 인구에 회자되고 문단의 관심과 논란의 대상이 된 사랑 이야기는 또 없었다고 할 수 있겠지요. 그 핵심은 '뮈세와 상드 중 누구의 말이 진실이냐?' 하는 것인데, 특히 그런 논란이 선생님이 돌아가신 후에 불거진 것에 대해 어떻게 생각하십니까?

뮈세_ 안타깝습니다. 저는 상드의 배신이 제 친구 타테 Alfred Tattet에 의해 밝혀진 후에도 '내 젊음과 재능에 걸고' 그녀의 무덤에서는 '흠 없는 백합만이 돋아나기를' 기원했었지요. 후대에 우리의 이름이 로미오와 줄리엣이나 아벨라르와 엘로이즈 같은 불멸의 연인들의 반열에 오르기를 바라면서 말입니다. 아시겠지만, 그렇게 해서 태어난 소설이 바로 《세기아(世紀兒)의 고백La Confession d'un enfant du siècle》입니다. 사실 그 작품은 사랑에 대한 찬가로 끝을 맺지요. 소설이 나오기 전까지는 헤어진 남자 친구가 자신에 대해 어떻게 썼을지 내심 걱정해 마지않던 상드도 아주 만족해했다고 들었습니다. 그 작품이 세상에 나온 게 1836년 2월의 일이었죠. 그런데 제가 죽은 지 1년여가 경과한 1859년 1월에 상드가 《그녀

와 *그Elle et Lui*》를 발표했다지요. 그 속에서 저를 정신병자쯤
으로 묘사했고요. 그게 다가 아니어서, 이 소설에 분격한 제
형님이 그해 4월에 《그와 그녀*Lui et Elle*》를 발표하고, 제 만년
의 연인이었던 루이즈 콜레는 8월에서 9월에 걸쳐 《그*Lui*》를
발표해 상드를 위선자, 부정한 여인으로 몰아붙이고……. 상
드는 자신이 제게 보냈던 편지들을 다시 가져가, 거기에다가
연인의 광기로 고통 받는 가련한 여인의 심정을 드러낸 다섯
통의 위조 편지를 끼워 넣기까지 했다지요?

김미성_《세기아의 고백》은 그렇다 치더라도, 1841년에 발
표된 〈추억〉 이전의 시를 보면 여인의 배신과 그에 따른 고통
과 상처라는 주제가 반복되어 나타난다고 할 수 있습니다. 그
런 것을 보면 선생님께서도 상드에 대한 섭섭한 마음을 삭이
는 데 꽤 오랜 시간이 걸린 것 아닙니까?

뮈세_ 아, 그건 섭섭한 마음이나 악감정이나 뭐 그런 것하
고는 거리가 좀 있습니다. 여기서 설명을 하고 넘어가도록 하
지요. 사실 정열과 광기와 배신과 불행으로 요약될 수 있는 그
사랑은 제가 오랜 세월을 두고 기다려온 것이었습니다. 1827
년 제 나이 열일곱 살 때 친구에게 보낸 편지를 보면, 시를 쓰
는 데 있어서 감동의 필요성을 역설하면서 시는 사랑과는 자
매간이며, '하나가 다른 하나를 낳게 하고 그것은 항상 같이
온다' 고 말하고 있지요. 위대한 시인이 되고자 하는 야망을
가진 문학 청년이었던 저는 '강한 정열을 가진 한 인간에게

닥칠 수 있는 가장 커다란 불행'을 기다리고 있었다고나 할까요. 말하자면 시인이 사랑에 대해 품고 있던 관념이 선행되는 것이지 현실에서의 사랑과 실패가 이러한 생각을 잉태한 것은 아니라는 얘깁니다. 걸작을 남기기 위해 시인에게는 사랑과 여인의 거짓과 불행과 절망이 필요했다고나 할까요. 그건 사실 제가 살았던 시대와도 관련이 있습니다. 지금이야 문학의 위기다 뭐다 해서 문학의 위상이 위협받고 있지 않습니까? 하지만 그 시절에는 문학을 삶보다 우선시한 시인들이 많았습니다. 자신만의 문학 세계를 만들어내기 위해 삶을 내던질 준비가 되어 있었으니까요. 영원불멸의 작품을 남기기 위해서라면 현실에서의 고통쯤이야 얼마든지 받아들일 만한 것이었다고 해둡시다. 다른 숭고한 시의 영역들은 모두 다른 선배 시인들에게 점령당해버리고 나서, 제게 남은 것은 악과 배신과 불행의 영역밖에 없었거든요. 저는 그곳에서 제 천재성을 증명해 보여야 했습니다. 그걸 위해 저를 배신해줄 현실의 여인이 절대적으로 필요했던 것이죠.

김미성_ 문학을 위해 현실에서의 사랑의 고통을 기다린다 ……그래서 선생님께서는 낭만적 시인의 전형으로 평가받는 것 아니겠습니까? 선생님께 행복한 삶과 사랑을 가져다줄 수 있었던 가장 이상적 여인으로 평가받는 에메 달통의 거듭된 청혼을 거절하셨다고 들었는데, 그 이유 또한 앞에서 하신 말씀과 관계가 있는 건가요? 선생님께서는 평온하고 안락한 생활에서 일종의 불편함을 느꼈을 거라는 평자도 있고……선생님께서 세상을 뜬 지 4년 후 에메 달통이 선생님의 형님과 결혼식을 올린 것을 보면, 진정 선생님을 사랑한 것은 상드가 아니라 에메가 아니었나 하는 생각이 드는데요.

뮈세 _ 그럴 수도 있겠지요. 하지만 이제 와서 그게 뭐 중요한 일이겠습니까?

김미성 _ 사랑에 관한 얘기가 나왔으니 말씀드리겠습니다. 선생님 시의 가장 중요한 주제 혹은 유일한 주제는 사랑이라고들 합니다. 선생님께서 상드와 나누었던 사랑은 낭만주의자들이 품고 있었던 사랑의 이상을 실현한 것이라 말하는 사람들이 많습니다. 사랑을 이상화, 절대화했던 '사랑의 시인'인 선생님께 사랑이란 과연 무엇을 의미하는지요? 그리고 동시대의 다른 시인들과 구별되는 선생님만의 사랑의 특이성은 무엇인지요?

뮈세 _ 사실 제가 사랑에 대해 가졌던 생각은 제 작품 세계와 불가분의 관계에 있다고 할 수 있습니다. 제게 있어 사랑은 시인을 다시 태어나게 하는 힘을 지니고 있고, 그래야만 진정한 사랑이라 불릴 자격이 있는 것이지요. 고통을 겪지 않는 사랑은 시인에게는 의미가 없습니다. '가벼운' 사랑은 시인의 영감을 고갈시킬 뿐이니까요. 여인의 배신은 제 삶과 작품을 결정지었는데, 위대한 프랑스 낭만주의 시인들 중 '뮈세를 제외하고 불행한 사랑은 없다'고들 하지 않습니까? 사실 제 선배 시인들은 행복한 사랑을 노래했다고 할 수 있지요. 저와 함께 프랑스 낭만주의 4대 시인으로 일컬어지는 다른 시인들의 경우를 살펴보면 이는 더욱 분명해지지요. 연인에게서 사랑받았음을 확신하는 라마르틴Alphonse de Lamartine에게 연인 엘비르의 죽음은 불행이 아니었습니다. 그는 하늘에서까지 자신들의 사랑이 계속되리라는 것을 믿어 의심치 않았으니까요. 비니Alfred de Vigny는 적어도 작품 속에서는 영감을 주는 여인과 창조하는 시인이라는, 남녀의 조화로운 정신적 합일을 묘사했습니다. 작품 속에서 그는 에바와 하나를 이루었지요. 위고Victor Hugo의 경우, 청년기에 시작된 사랑의 편지들은 사랑의 대상이 바뀌어도 변함없이 같은 어조로 지속되었습니다. 여인의 배신과 정열과 불행의 테마와 함께 사랑에 관한 낭만주의의 신화가 펼쳐지는 것은 바로 제게서였다고 할 수 있을 겁니다.

김미성_ 그래서 후대 사람들이 선생님을 사랑의 시인이며, 배신당한 슬픈 사랑의 시인이라고 하는가보군요.

뮈세_ 21세기 한국의 독자들에게 구태의연한 19세기식 사랑 타령으로 받아들여지지 않을까 하는 우려도 있습니다만, 적어도 저의 시대는 인간이, 개인의 감정이 해방되어 모든 것의 우위에 놓였던 역사상 최초의 시기였고, 그것이 바로 제가 살았던 시대의 새로움이었으니까요.

김미성_ 이제 선생님의 고통주의dolorisme 시론에 대해서 좀 설명해주시죠. 〈오월의 밤La Nuit de Mai〉의 펠리컨으로 상징되는, 고통 없는 시는 없고 시인은 고통을 넘어서야 한다는 고통주의는 사실 너무 가학적이지 않은가요?

뮈세_ 저는 시란 무엇일까 하는 질문에 '한 방울의 눈물로 진주를 만드는 것'이라고 표현한 바 있습니다. 시인은 '심장coeur' 소리를 듣고 시의 근원을 발견하는 법이지요. 시는 시인의 심장의 표현인데, 시는 시인이 강렬한 감동을 느낄 때 비로소 가장 강한 설득력을 가지는 법이니까요. 그런데 제가 '심장의 고동'을 느끼는 것은 사랑의 고통 속에서지요. 고통, 특히 사랑의 고통에 직면해서 저는 진정으로 살아 있음을 느끼게 되는데, 걸작은 이러한 진실하고 강렬한 감동을 통해서 탄생됩니다. 고통은 존재를 변모시키고 세상을 다른 눈으로 볼 수 있게 하지요. 이것은 어린아이의 눈을 가지고 다시 태어남을 의미한다고 할 수 있습니다.

김미성_ 앞에서 한 이야기와 연관되는 것으로 생각되는데, 선생님께서는 특히 영감inspiration의 중요성을 강조하셨죠. 이렇게 영감을 강조하는 시학으로 인해 선생님은 후대의 랭보Arthur Rimbaud나 베를렌Paul Verlaine 같은 천재의 신화를 확립한 최초의 인물로 평가받기도 합니다만, 그로 인해 선생님의 시가 아마추어리즘이라는 공격을 받게 된 것도 사실이지 않습니까?

뮈세_ 거기에 관해서는 유명한 일화가 있지 않습니까? '내 영혼 속에서 빠져나오고자 하는 무언가'를 느낀 오월의 어느 밤, 저는 촛불로 온 방 안을 밝혀놓은 채 아침까지 쉬지 않고 시를 썼지요. 영혼에서 빠져나온 것은 바로 〈오월의 밤〉이었습니다. 무려 112행에 이르는 시를 하루저녁에 써 내려갔다는 사실에서 볼 수 있듯이 심장의 외침은 그 외침의 순간에 포착되어야 가장 생생한 감동을 전달할 수 있는 법이지요. 이것은 영감과 심장의 외침을 강조한 젊은 시절 제 시론이 가지는 힘이자 약점이라 할 수 있을 겁니다. 하지만 심장의 떨림을 전하는 글쓰기의 순간은 바로 '시인의 전 존재가 동요'하는 순간이랍니다. 심장의 외침이 직접성을 강조하는 시론으로 인해 진지하지 못함이나 깊이 없음과 혼동되어서는 안 될 겁니다.

김미성_ 그 점을 간파한 초현실주의 시인 아라공Louis Aragon은 선생님 시의 근대성을 주목한 바 있습니다. 굳이 자동 기술과 같은 초현실주의 이론과 접목시키지 않더라도, 선생님의 시에서 심장은 그 떨림의 미학적 변형이 일어나는 기관이며 시는 집중과 변모의 작업이기 때문이겠지요.

뮈세_ 하하하, 제 시를 그렇게 이해해주시다니 뭘 좀 볼 줄 아는 분이신가 봅니다.

김미성_ 고맙습니다. 영감을 강조한 선생님의 시론은 이른바 후기에 접어들면서 변화를 맞게 되는 걸로 알고 있습니다.

문학에의 데뷔 초기부터 〈시월의 밤La Nuit de Décembre〉을 발표한 1837년경까지 유지된 영감에의 강조와 고통주의의 시론이 1838년경부터 변화를 맞게 되는데, 이 시기에 선생님께서는 '예술적 배려'는 영감과 감동을 훼손하는 겉치장이 아니며, 예술적 완성도를 위해서는 공들인 작업이 필요하다는 것을 받아들이셨죠?

뮈세_ 문학 인생의 정점을 통과하고 나서 저는 영감과 노력의 관계에 대해 제고하기 시작했습니다. '한 방울의 눈물로 진주'를 만드는 데는 섬세하고 공들인 노력이 요구되는 법이지요.

김미성_ 저는 선생님께서 쓴 미완의 자전적 소설 《타락한 시인Le Poète déchu》을 읽고 선생님의 근대성에 대해 다시 한번 생각하게 되었습니다. 거기에서 선생님은 시와 산문을 구별하고 선생님 자신은 시인임을 분명히 하셨지요. 선생님께서 묘사하고 있는 시인은 랭보의 견자(見者)와도 놀랄 만큼 흡사했습니다. 시인의 임무는 '물질의 형태를 열심히 주시하고 세상의 수액 안으로 들어가는 연습을 하는 것'이며, 시인에게 있어서 무생물은 '무언의 사고'를 하는 존재라고 하셨지요. '모든 것이 그에게 말을 건네고, 시인은 풀잎과도 이야기한다'라고도 하셨고요. 시인은 모든 광경에서 최고의 아름다움을 끌어내고, '그가 느끼는 모든 감정에서, 그가 목격하는 모든 행동에서 영원한 진리'를 찾아내는 사람이며, 그는 '최초의 소박함'에서 태어나 죽는데, 마지막 순간까지 '어린아이의 시선'으로 세상을 본다고요. 시인에 대한 이러한 정의는 아주 근대적이라고 할 수 있을 겁니다. 또한 악과 불행과 여성 혐오에 대한 주제와 더불어 선생님에게서는 이후 상징주의의 저주받은 시인들의 원형을 볼 수 있습니다. 이러한 측면에서 '보들레르Charles Baudelaire의 선구자, 근대적 시인' 뮈세에 대한 재평가가 이루어져야 하며, 이제까지 과소평가되어온 '뮈세의 근대성'에 대한 논의가 다시 이루어져야 할 거라고 생각합니다.

뮈세_ 그 시기에 저는 1830년경 제가 갖고 있던, 또한 아직도 왕성하게 창작을 하고 있던 저보다 나이가 많은 낭만주의자들이 갖고 있던 시에 대한 개념을 훌쩍 넘어섰다고 할 수 있습니다. 하지만 시에 대한 이러한 개념은 제 최초의 창조적 열기가 고갈되고, 연약해진 저의 신경이 그 당시에 제가 생각했던 시가 시인에게 요구하는 강력한 노력을 지탱하지 못하게 된 시기에 나타났다고나 할까요. 그 당시에 제 나이가 불과 30대 초반이었는데도 불구하고 이런 말을 하려니 한국의 어르신들께 꾸중을 들을 것 같기도 합니다만, 일생 동안 필요한 열정을 20대에 모두 발산해버린 저는 그 무렵에는 이미 늙고 병들어 있었죠. 그래서 그 시기의 제가 표명한 시론은 '공들인 작품의 창작'과 모순되는 것이 아니며, 보들레르가 비판한 것처럼 뮈세는 몽상을 예술 작품으로 만드는 공들인 노력을 전혀 이해하지 못한 작가가 아니었음을 보여주는 발전된 시론에 대한 표명만으로 끝났을 뿐입니다. 애석하게도 구체적인 시 작품으로 후대에 전해진 것은 없죠.

김미성_ 좀 외람된 질문이기는 합니다만, 플로베르야 자신의 오랜 연인이었던 루이즈 콜레가 선생님의 만년의 연인이 되었으니 그렇다 치더라도, 랭보, 보들레르 등의 후대 시인들이 선생님의 시를 가혹하다 싶을 정도로 비판했다고 들었는데, 어떻게 생각하시나요?

뮈세_ 제게 반감을 가졌거나 혹은 제 작품에 갈채를 보냈거나 간에, 이후의 시인들에게 있어서 저는 1830년의 세대를 전형화하는 작가였다고 할 수 있습니다. 제 죽음은 제 작품이 다시 읽히는 한 계기가 되었지만 이러한 성공의 이면에는 또한 저에 대한 반감이 존재하고 있었던 것도 사실이지요. 어쨌거나 저는 그들의 눈에는 낭만주의를 구현하는 시인이었고, 그들 세대가 뛰어넘어야 하는 일종의 상징적인 인물이었던 셈이지요. 이후의 시가 꽃피기 위해서는 뮈세를, 뮈세가 상징하는 시를 죽일 필요가 있었던 것이죠. 낭만주의의 선배 시인들 중 자신들과 가장 근접해 있었음에도 말입니다. 아니면 오히려 그랬기 때문이었는지도 모르겠습니다만.

김미성_ 사실 《신시집》에 담긴 시들을 쓸 무렵의 선생님은 낭만주의를 받아들이기를 거부했는데, 그럼에도 불구하고 선생님은 삶과 작품에서 낭만주의의 이념을 온몸으로 구현한 시인이며, 1830년 7월 혁명 이후의 젊은이들을 상징하는 반항과 절망과 이상과 정열의 영원한 '세기아'로서, 낭만적 시인의 전형으로서 우리에게 남아 있습니다. 그로 인해 선생님은 영원한 젊음을 상징하는 시인이기도 합니다. 마지막으로 한국의 독자들에게 한 말씀 해주시기 바랍니다.

뮈세_ 자신의 시대를 치열하게 살고, 사랑하고, 고민한 한 젊은이의 내면 고백으로 이《신시집》을 읽어주면 고맙겠습니다. 이 시집은 제 삶에서 가장 화려하고 고통스러웠던 젊은 날의 삶 자체이니까요. 시대가 바뀌어도 심장에서 심장으로 전해지는 언어는 이해될 수 있을 거라 생각합니다. 서로의 언어가 달라 원어에서 느낄 수 있는 아름다움이나 운율의 미학 등을 느끼기는 쉬운 일이 아니겠지만 말입니다. 제 시집을 내준 책세상에도 고마움을 전합니다. 한국의 독자들과 다른 작품으로 다시 만날 수 있기를 바랍니다.

Alfred de Musset

시인 알프레드 드 뮈세Louis Charles Alfred de Musset는 1810
년 12월 11일 파리에서 태어났다. 그는 부계와 모계 양쪽에서
문학적 소양을 이어받았다. 소귀족이었던 아버지 빅토르 도
나티앵 드 뮈세 파테Victor Donatien de Musset-Pathay는 22권
의 《루소 전집》을 간행하여 왕정복고기와 7월 왕정의 초기에
루소 연구의 선구자적 역할을 한 문인이었다. 어머니는 에드
메 클로데트 기요 데제르비에Edmée Claudette Guyot-Desher-
bier다. 외조부인 클로드 앙투안Claude Antoine은 시인이었으
며, 18세기 후반의 여러 작가, 철학자들과도 교분이 있었다.
훗날 조르주 상드에게 대항해서 뮈세를 열렬히 옹호한 일곱
살 위의 형 폴Paul Edme de Musset은 뮈세가 사망한 후에 동
생의 전기를 펴내기도 했다. 1819년에는 여동생 에르민Amélie
Hermine de Musset이 태어났다.

1827년에 뮈세는 명문 앙리 4세 고등학교를 우수한 성적으

로 졸업한다. 이 무렵 빅토르 위고의 손아래 처남인 친구 폴 푸셰Paul Foucher에게 보낸 편지에서 뮈세는 셰익스피어나 실러 같은 시인이 되고자 하는 문학적 야심을 표명한다. 뮈세는 법과대학에 이어 의과대학에 등록하지만 결국 포기하고 만다. 1828년 친구인 폴 푸셰의 소개로 위고의 세나클에 출입하게 된 뮈세는 재기발랄한 문단의 총아로 각광받는다. 이때 뮈세는 비니, 생트 뵈브C. -A. Sainte-Beuve 등과 친분을 쌓는 한편, 노디에Charles Nodier의 아르스날에도 참가한다. 같은 해에 뮈세에게 첫사랑의 상처를 남긴 '최초의 부정(不貞)한 여인' 드 라 카르트de La Carte 후작부인과의 관계가 시작된다. 이 관계는 1829년 초에 끝난다. 이 최초의 부정한 여인에 대한 기억은 이후 겪게 되는 여러 사랑의 추억들과 중첩되어 열정과 배신과 광기와 불행이라는 뮈세 특유의 낭만적 사랑의 드라마를 이루게 된다. 또 이 무렵에 뮈세는 부유한 친구인 타테 덕에 '자키 클럽'을 비롯한 댄디의 모임에 출입하게 된다. 보들레르가 보여준 것과 같은 문학적인 댄디즘이 아니라 실제로 댄디의 클럽에 출입한 작가는 이 시기의 프랑스에서는 뮈세가 유일하다.

1830년 1월에 뮈세의 최초의 시집《스페인과 이탈리아 이야기》가 출판된다. 낭만주의라는 새로운 유파의 이념에 매혹된 젊은 뮈세는 이 시집에서 이국 정서와 운율, 어휘, 리듬을 대담하게 사용하여 '새로움'을 표현한다. 같은 해 12월에 오데옹 극장에서 공연된 〈베네치아의 밤La Nuit vénétienne〉의

처참한 실패로 뮈세는 더 이상 공연을 위한 희곡을 쓰지 않기로 결심한다. 낭만주의 희곡의 최고봉으로 불리는 그의 〈로렌차치오Lorenzaccio〉는 1833년에 씌어 1896년에 최초로 무대에 올려졌으니, 63년 만에 공연된 것이었다.

1832년 8월, 뮈세의 일생에서 중대한 사건이 일어난다. 뮈세는 파리를 휩쓴 콜레라로 아버지를 잃고 글을 써서 살아가기로 결심한다. 하지만 펜만으로 밥벌이를 하는 것은 19세기에도 역시 쉬운 일은 아니어서, 말년에 이르기까지 뮈세는 계속 경제적 어려움을 토로하게 되고, 그가 그토록 경멸했던 신문 소설로 생계를 잇기도 한다. 1833년경부터 낭만주의의 기교에 환멸을 느끼고, 사회적이고 정치 참여적인 시를 비난하게 된 뮈세는 점차 위고의 세나클과 거리를 유지한다. 낭만주의의 수장 위고와의 불화는 촉망 받던 이 젊은 시인을 평단의 관심에서 멀어지게 만들어, 뮈세의 시는 평론가들의 언급에서 의도적으로 배제된다. 이 시기부터 1847년 알랑 데프레오 부인에 의해 코메디 프랑세즈 무대에 올려진 〈변덕Un Caprice〉이 대성공을 거두어 그의 시가 대중적 인기를 얻게 되기까지, 뮈세는 데뷔 초기에 열광적인 관심을 끌었던 것과 달리 '잊힌' 시인으로서 문단의 의도적 침묵이라는 홀대를 받게 된다.

1833년 그는 두 번째 시집《안락의자에서 보는 연극》을 출간한다. 그해 6월, 그때까지는 가볍고 경쾌했던 문학 세계를 한 단계 성숙시킬 수 있는 기회가 다가온다. 뮈세는 존재의 근본을 뒤흔들 만한 고통을 수반하는 사랑, '강한 정열을 가진

한 인간에게 닥칠 수 있는 가장 커다란 불행'을 기다리고 있었고, 《양 세계 평론Revue des deux mondes》지의 주간이었던 프랑수아 뷜로즈François Buloz가 베푼 만찬에서 이루어진 상드와의 만남은 시인이 기다리던 낭만적 사랑의 이상을 실현할 최적의 계기가 된다. 이 사랑은 뮈세의 삶과 작품에 확실한 흔적을 남기게 되는데, 이후 재기발랄했던 뮈세의 시는 진지해진다. 삶의 가장 열정적인 순간에 포착된 '심장의 울림'을 겪으며 쓴 시에는 그의 모든 시적 성찰과 명상이 녹아 있다. 이 만남이 있은 후 채 한 달도 지나지 않아서 둘은 연인 사이로 발전한다. 같은 해 12월에 뮈세와 상드는 이탈리아로 출발한다.

하지만 두 연인의 간절한 희망과는 달리, 19세기를 뜨겁게 달군 이 말썽 많은 이탈리아 여행은 병과 함께 시작된다. 1834년 1월 베네치아에 도착한 상드는 긴 여행에 지쳐 2주 동안이나 병석에 누워 있게 된다. 상드가 베네치아의 젊은 의사 파젤로Pietro Pagello의 간호를 받는 동안 철없는 연인 뮈세는 상드를 병석에 홀로 남겨둔 채 베네치아 관광을 즐긴다. 1월 말에 이번에는 뮈세가 병이 나고, 파젤로가 상드와 함께 뮈세를 돌보게 된다. 이때 뮈세는 정신병의 징후를 보인 듯하다. 뮈세는 2월 중순이 되어서야 고비를 넘긴다. 2월 말, 상드는 파젤로의 연인이 되고 뮈세는 여전히 병석에 있었다. 그동안 상드는 뮈세를 극진히 간호한다. 4월, 상드를 베네치아에 남겨둔 채 뮈세는 홀로 파리로 돌아온다. 8월, 상드는 파젤로와 함께 파리에 온다. 상드가 파리로 돌아온 직후부터 둘의 관계는 다시 시작된다. 10월, 파리에 홀로 남겨진 파젤로는 베네치아로 돌아가기 전에 뮈세의 절친한 친구인 타테의 방문을 받고 감격하여, 그에게 눈물로 자신의 처지를 한탄한다. 이때 자신과 상드의 관계가 뮈세가 파리로 떠난 뒤부터가 아니라 뮈세가 병석에 누워 있을 때부터 이미 시작된 것이라는 고백을 한다. 이후 두 연인은 몇 번의 만남과 결별을 반복한다. 그 겨울은 두 연인에게는 베네치아에서보다 더욱 격정적이고 비극적이었다. 상드의 '비밀'은 타테에 의해 뮈세에게 전해지고, 상드는 머리카락을 잘라 연인에게 보내 눈물로 사랑을 호소한다. 하지만 여인보다 강한 것이 어머니라 하던가. 결국 결단을 내리는 것은 상드인데, 1835년 3월 뮈세는 상드의 두 아이가 보는 앞에서 상드에게 칼을 겨누고, 상드는 고향인 노앙으로 떠난다. 그 후 둘의 관계는 결정적 파국을 맞게 된다. '베네치아의 연인'에 관한 진실에서 가장 핵심이 되는 것은 상드와 파젤로의 관계가 언제 시작되었는가 하는 점인데, 상드는 뮈세가 병석에 누워 있는 동안 다른 연인의 품에 안겼다는 사실을 감추기 위해 평생 필사의 노력을 기울인다. 그녀는 뮈세가 죽은 직후 《그녀와 그*Elle et Lui*》라는 자전적 소설을 써 베네치아에서의 뮈세의 비정상적인 정신 상태를 강조하고 다섯 통의 편지를 위조하기까지 한다. 이에 격분한 뮈세의 형 폴의 반격으로 뮈세의 사후에 '베네치아의 연인'에 관한 진실은 19세기 프랑스 문단을 뜨겁게 달구게 된다.

1833년에서 1837년에 걸친 시기에 뮈세는 아주 왕성한 작

품 활동을 보이는데, 〈로렌차치오〉, 〈팡타지오Fantasio〉 등의
희곡, 네 편의 밤의 시편들을 비롯한 주옥 같은 시, 상드와의
사랑 이야기를 담은 자전적 소설 《세기아의 고백》을 출간한
다.

　1835년 3월에는 '대모' 라 불렸던 조베르Caroline Jaubert 부
인과의 짧은 관계가 뒤따른다. 이후 이들 사이에는 '이름 붙
일 수 없는 감정' 이 자리 잡게 된다. 1837년 3월, 조베르 부인
의 조카인 에메 달통과의 편지 교류가 시작된다. 이듬해 3월
경 에메 달통은 여러 번에 걸쳐 결혼을 제안하지만 뮈세는 거
절한다. 이후 이들의 사랑은 서서히 시들게 된다. 이제 뮈세
의 문학적 전성기는 막을 내린다. 이후 뮈세가 남긴 것은 재기
가 반짝이는 몇몇 소품뿐이다.

　1840년, 최초의 뮈세 시 전집이 발간된다. 이 전집은 3부로
구성되었는데, 1부는 《스페인과 이탈리아 이야기》를 중심으
로 문단 데뷔 초기에 쓴 〈달에게 부치는 발라드Ballade la
lune〉, 〈헛된 기원Voeux stériles〉, 〈옥타브Octave〉, 〈라파엘의
비밀스러운 생각Secrètes pensées de Rafaël〉 등으로 구성되었
고, 2부는 《안락의자에서 보는 연극》에 실린 〈잔과 입술La
Coupe et les lèvres〉, 〈소녀들은 무엇을 꿈꾸는가À quoi rêvent
les jeunes filles〉, 〈나무나Namouna〉 등으로 구성되었다. 3부는
'신시집' 이라는 제목으로 1833년 이후에 쓴 시들을 묶었다.

　1844년경부터 뮈세의 건강에 문제가 생긴다. 이후 마지막
순간까지 뮈세의 병세는 느리지만 지속적으로 악화된다. 뮈

세의 희곡은 1843년에 러시아의 상트페테르부르크에서 공연되어 성공을 거두면서 프랑스 밖에서부터 주목받는다. 드디어 1847년 11월에 코메디 프랑세즈에서 알랑 데프레오 부인에 의해 무대에 올려진 〈변덕〉이 대성공을 거둔다. 1830년 이래로 외면받아온 뮈세의 희곡이 이때부터 계속 무대에 올려지기 시작하고, 그의 시도 다시 주목받아 그는 베스트셀러 시인의 대열에 합류하게 된다. 뮈세의 시와 함께한 젊은 시절의 기억에 대한 졸라Émile Zola의 정겨운 회상에서 볼 수 있듯이, 뮈세의 시는 이 시절의 많은 젊은이들을 사로잡는다. 1852년 2월, 뮈세는 아카데미 프랑세즈 회원으로 선출되는 영예를 안는다. 이후 그는 자신의 시 작품을 두 권의 책으로 엮어낸다. 하나는 《초기 시집Premières poésies》이고, 다른 하나는 《신시집》이다. 그의 생애 마지막 시집이 된 《초기 시집》은 1840년 판의 시집 1, 2부를, 《신시집》은 3부를 중심으로 구성되었다.

1857년 3월 2일 새벽, 뮈세는 숨을 거둔다. 3월 4일 파리의 페르 라셰즈 묘지에서 거행된 뮈세의 장례식에는 단지 30여 명의 지인만이 참석하여 시인의 마지막을 함께했다고 전해진다.

1) 그리스인들을 말한다.
2) 아시리아에서 페니키아, 시리아에까지 이르는 지역에서 숭배되던 동양의 여신. 시리아에는 가장 오래된 이 여신의 사원이 있었다고 전해진다. 이 여신은 하늘의 딸이었고 천상의 아프로디테라고도 불렸으며, 행복과 사랑과 생식의 여신이었다. 난잡한 축제로 이 여신을 기념했다.
3) 강이나 샘에 사는 물의 요정들은 본성이 쾌활하고 장난치기를 좋아해서(원문의 lascif에는 '음탕한'이라는 의미 이외에 '장난치기 좋아하는'이라는 의미도 있다) 숲의 신들을 성가시게 하는 것을 즐겼다.
4) (옮긴이주) 산과 들의 요정으로, 반은 사람, 반은 동물의 모습을 하고 있다.
5) 헤라클레스에 의해 죽임을 당한 흉포한 사자의 가죽을 말한다. 헤라클레스는 이 사자의 가죽으로 외투를 만들어 입고 싶었지만 가죽을 벗겨낼 수가 없었다. 신의 도움으로 사자의 발톱으로 가죽을 찢고 외투를 만들어 몸에 둘렀는데, 헤라클레스가 수많은 싸움에서 상처를 입지 않은 것은 이 외투 덕분이었다고 전해진다.
6) 떡갈나무 껍질은 본래 원문에 Sylvain으로 표기된 숲의 요정들의 은신처였다.
7) (옮긴이주) 모든 것이 신에 기인한다고 간주되는 세계에서는 고통 역시 신적인 본질을 가진 것이었다. 그리스인들은 고통을 찬양했는데, 고통 중에서 가장 위대한 것은 인간의 고통이었다.
8) 원문에는 신들의 수가 4,000으로 명시되어 있는데, 이는 그리스 신의 정확한 수가 4,000이기 때문이라기보다 12음절 시구의 운을 맞추기 위해 사용된 것으로 보인다.

9) 사탄과 프로메테우스의 유사성은 여러 작가에 의해서 언급된다. "프로메테우스는 올림포스의 주인이 지옥에 떨어뜨린 신들에 대항한 티탄족에 속한다. 티탄들처럼 프로메테우스는 끔찍한 형벌에 처해진 악의 화신이다"[드샤름 P. Decharme, 《고대 그리스 신화 *Mythologie de la Grèce antique*》(Garnier frères, 1908), 260쪽]. 헤시오도스는 《신통기 *Theogony*》에서 천상의 불을 훔쳐 인간에게 선물하고 인간에게 문명을 가져다준 프로메테우스 신화를 전한다. 이 반항은 감히 신과 겨루고자 하는 인간의 지성을 상징하는데, 헤시오도스는 프로메테우스를 "섬세하고 풍요로운 정신", "자비로운 프로메테우스"라 부른다.

10) 6세기에 있었던 이슬람교도의 침입을 말한다.

11) (옮긴이주) 나사로는 예수의 수난에 앞서 그의 발에 값비싼 향유를 바르고 머리카락으로 그 발을 닦아준 마리아의 오빠로 예수에 의해 부활했다. 나사로가 죽은 지 나흘 후에 예수는 동굴속에 있는 그의 무덤까지 가 돌을 치우게 하고 "나사로여, 나오라"라고 외쳤다. 그러자 나사로가 무덤에서 걸어 나왔다.

12) (옮긴이주) 노트르담 대성당은 프랑스 초기 고딕 성당의 대표작으로 센 강 시테 섬에 있다. 성 베드로 대성당은 바티칸에 있는 성당으로 가톨릭의 총본산으로서 유럽 역사에서 중요한 역할을 했다.

13) 비평가들의 수많은 해석을 낳게 한 구절. 문학평론가 에밀 파게 Émile Faguet는 "예전에 혜성은 낡은 세상에 새로움을 가져온다고 여겨졌다. 오늘날에는 반대로 그들의 혁명은 익숙한 것이되었고 미지의 경계선을 멀어지게 했을 뿐이다. 인류는 신들을 그 경계선 너머에 자리잡게 했고, 이렇게 해서 하늘에서 신성을 소멸시켰다"고 설명한다. 프랑스의 석학 에밀 샹브리 Emile Chambry는 '정복 conquête' 이라고 써야 할 것이 '혜성 Comète' 이라고 잘못 쓰인 것이라고 주장한다. 근대 과학의 정

오
월
의
밤

복이 신들이 산다고 여겨진 "하늘에서 신들을 소멸시켰다"는 것이다. 1921년 미국의 비평가 우드브리지M. B. M. Woodbrige는 혜성이라는 단어를 은유적으로 해석하여, 이 단어가 나폴레옹, 궤테, 볼테르 등 뒤세가 《세기아(世紀兒)의 고백La confession d'un enfant du siècle》에서 언급하고 있는 위인들을 가리키는 것이라고 생각했다. 1927년 문학평론가 자메Ludovic Jamet는 "천계를 황폐하게 하는 혜성과도 유사한 19세기의 유해한 무신론자들은 성부, 성자, 성신의 삼위일체의 하느님과 그의 궁전을 하늘에서 사라지게 했다"라고 언급하며 볼테르를 비롯한 18세기 계몽주의자들에서 기원한 합리주의 철학을 겨냥했다. 20세기에 접어들어서도 논쟁은 계속되어, 1943년 문학평론가 외젠 라세르Eugène Lasserre는 이 구절을 다음과 같이 설명했다. "혜성은 맹목적으로 운행을 계속하여 하늘에 떠있는 다른 별들과 충돌한다." 혜성은 별의 수호천사들을 산산조각 내고 하늘은 "잔해들"로 뒤덮인다. 그 결과 "영원한 심연 속으로 손발이 잘려 나간 천사들을 던져 넣는 일만이 남게 된다". 이렇게 해서 혜성은 "하늘을 공허하게 만들고, 길을 이끌어주는 천사를 잃어버린 별들은 환상에서 깨어나 우연에 몸을 맡긴 채 운행을 계속한다". 어찌 되었던 간에 지금에 이르기까지 이 구절에 대한 해석은 여러 가지 가능성을 남긴 채 열려 있다.

14) 마리아는 예수에 의해 부활한 나사로의 여동생으로 '베다니의 마리아'라고 불린다. 〈요한복음〉 12장 1~3절은 그녀에 대해 이렇게 이야기하고 있다. "유월절 엿새 전에 예수께서 베다니에 이르시니 이곳은 예수께서 죽은 자 가운데서 살리신 나사로의 있는 곳이라. 거기서 예수를 위하여 잔치할새 마르다는 일을 보고 나사로는 예수와 함께 앉은 자 중에 있더라. 마리아는 지극히 비싼 향유 곧 순전한 나드 한 근을 가져다가 예수의 발에 붓고 자기 머리털로 그의 발을 씻으니 향유 냄새가 집에 가득하더

라."

15) (옮긴이주) 어부의 아들이며 그 자신 역시 어부였던 성자 요한
은 젊은 시절에 '바닷가의 모래사장'에서 살았다. 〈요한 계시
록〉을 쓴 파트모스 섬에 유배되었을 때 그는 다시 바닷가에 모
습을 드러낸다.

16) (옮긴이주) 로마 제국의 제5대 황제인 네로 황제(정식 이름은
Nero Claudius Caesar Augustus Germanicu)를 가리킨다. 네
로는 클라우디우스 1세의 둘째아내인 소(小) 아그리피나비(妃)
와 그녀의 전남편 사이에서 태어난 아들로 클라우디우스의 양
자가 되었다. 54년 어머니가 클라우디우스를 독살하고 근위병
의 추대를 받아 제위에 올랐을 때 불과 16세였다. 치세의 초기
약 5년 동안 네로는 선정을 베풀었다. 그러나 점차 잔인하고 포
악한 성격을 나타내기 시작하여 의붓동생 브리타니쿠스, 어머
니, 비(妃) 옥타비아를 차례로 살해했다. 특히 브루투스의 병사
와 세네카의 은퇴는 그의 난행의 도를 심화시켜 치정은 파국으
로 치닫게 되었다. 68년, 네로는 로마시를 탈출해 자살했다.

17) (옮긴이주) 로마 제국의 클라우디우스 황제(정식 이름은
Tiberius Claudius Caesar Augustus Germanicus). 아우구스투
스, 티베리우스 치하에서는 육체적 장애 때문에 공적 생활을 하
지 않았으나, 41년 칼리굴라가 살해된 뒤에 근위병에게 옹립되
어 제위에 올랐다. 왕비들, 특히 메살리나와 소(小) 아그리피나
의 정치적 발언의 증대에 시달리다가 죽었는데, 왕비 아그리피
나에게 독살된 것으로 추측된다.

18) (옮긴이주) 로마 신화에 나오는 농경의 신으로 그 이름은 '씨
뿌리는 자'라는 뜻이다. 그리스 신화의 크로노스와 같은 신으로
간주되는데, 자기 자식에게 지배권을 빼앗긴다는 신탁 때문에
태어난 자식을 차례로 삼켜버렸다. 아들 주피터에게 쫓겨 이탈
리아로 도망가 농업 기술을 보급함으로써 황금 시대를 이룩했

다고 한다.

19) 크세노폰Xenophon의 《기억해야 할 것들Memorabilia》에 실린
'악과 덕 사이에 선 헤라클레스의 우화'에 의하면 청년이 된 헤
라클레스는 살아가면서 덕의 길을 따라야 할지 악의 길을 따라
야 할지 자문하고 있었다. 한 호젓한 장소에서 이 문제에 골몰
해 있을 때 키 큰 두 여인이 그의 앞에 나타났다. 한 여인은 여
유 있고 쾌락으로 가득 찬 삶의 즐거움을 묘사해주었고, 다른
여인은 덕과, 세상에 선(善)을 행하고 신들의 호의를 사게 해주
는 노동과, 우정을 얻게 해주는 선의의 이점을 역설했다. 크세
노폰은 헤라클레스가 덕의 길을 택했다고 언급하고 있지는 않
으나 그의 삶이 이를 증명해준다.

20) 논란이 많은 구절이다. 오만과 자존심은 누구의 혹은 무엇의 손
위 누이인가? 롤라일 수는 없는데 이 연의 첫 행에서 롤라가 과
거형으로 기술된 반면, 이 부분은 '손위 누이였던'이 아니라
'손위 누이인'이라는 현재형으로 표현되었기 때문이다. 오만과
자존심이 구토의 손위 누이가 될 수는 없을 것이다. 마지막으로
관습의 가능성이 남는다. 관습은 오만과 자존심과는 대립적인
것으로 표현되어 있는 까닭에 일견 이 해석은 논란의 여지가 있
는 것으로 보일 수도 있다. 이에 대해 폴 아르줄레스Paul
Argelès는 "오만과 자존심이 물리적 힘을 이용해 정신력에 가
하는 일련의 투쟁에 의해서 사회적 관습이 확고해지고, 롤라가
저항하는 것은 바로 이러한 사회적 관습"이라고 설명한다.

21) 플루타르코스Plutarchos는 《영웅전Bioi Paralleloi》에서 "그는 평
상시의 식사에 너무 까다로웠고, 무분별한 여인들의 사랑으로
쇠약해 있었으며, 연회에서 무절제했고, 옷차림이 지나치게 사
치스럽고 여성적이었다. 언제나 커다란 주황색 옷을 입고 있었
으며, 옷자락을 끌며 광장을 가로질러 산책을 했다……"라고 말
한다. 플루타르코스는 황금 옷에 대해서는 언급하고 있지 않다.

22) 야생 암말의 죽음은 〈오월의 밤〉의 펠리컨의 희생과 더불어 뮈세 시의 유명한 여담(餘談)이다.

23) 자유는 뮈세가 많은 작품에서 강력히 요구하는 덕목이다.

24) 괴테의 《파우스트 Faust》에 묘사된 마르게리테의 방에는 물레가 있는데 그녀는 연가(戀歌)를 노래하며 실을 잣는다.

25) 파우스트는 메피스토펠레스와 함께 하게 될 여행에 대해서 그에게 질문한다. "하인과 말과 여행 장비들은 어디 있나요?" 메피스토펠레스는 대답한다. "이 외투를 펼치자. 이 외투는 우리를 공중에서 옮겨줄 것이다……내가 준비할 약간의 인화성의 공기는 우리를 곧 지상으로부터 들어 올릴 것이다. 만일 우리가 가볍다면 더 빨리 갈 것이다." 이 부분에 파우스트가 메피스토펠레스의 발에 매달렸다는 묘사는 없다.

26) 〈예수 부활하셨네〉라는 부활절의 노래는 《파우스트》 1장에서 천사와 여인의 제자들로 이루어진 무리가 부른 것이다. 파우스트는 서재에서 이 노래를 듣는다. "하늘의 노래, 강하고 부드러운 노래여, 당신은 왜 먼지 속에서 나를 찾나요? 아직도 당신에게 감동받을 사람들을 위해 울리시오." 파우스트는 말한다. 그는 이미 신앙심을 갖고 있지 않지만 이 노래는 어린 시절의 추억을 되살려주고, 그는 이렇게 혼잣말을 한다. "아! 계속 울리시오, 하늘의 부드러운 찬송가여! 내 눈에서는 눈물이 흐르고, 대지는 다시 나를 사로잡습니다."

27) 파우스트가 마시려 하는 독배를 말하는 것으로, 그는 이것을 "더욱 아름다운 날의 여명"에 바치는 "엄숙한 헌주(獻酒)"라 부른다. 그는 잔을 입술에 갖다 대지만 "예수 부활하셨네"라는 천사들의 노래를 듣고 멈춘다.

28) 파우스트가 방금 맺은 협정에 서명하려는 순간 메피스토펠레스가 말한다. "아무 종이에나 서명하는 것으로 충분할 것이오. 한 방울의 피로 당신 이름을 적으시오." 파우스트가 대답한다. "만

일 이것이 당신에게 아무런 상관이 없다면, 농담에 지나지 않을 것이오." 메피스토펠레스가 말한다. "피는 아주 특별한 액체라오."

29) 셰익스피어의 〈로미오와 줄리엣Romeo and Juliet〉에서 로미오가 줄리엣의 방에 가기 위해 사용하는 비단 사다리다.

30) (옮긴이주) 아라비아와 아프리카에 분포하는 감람과 관목. 옛날부터 방향제와 방부제로 쓰였고 줄기에서 나오는 즙을 말린 덩이는 특이한 향기와 쓴맛을 낸다.

31) (옮긴이주) 멕시코의 차로 쓰이는 향기 나는 식물이다.

32) (옮긴이주) 볼테르Voltaire는 1694년 11월 21일에 태어나서 1778년 5월 30일에 일생을 마쳤다. 따라서 죽음은 그를 족히 80년은 기다린 셈이다.

33) (옮긴이주) 〈창세기〉 1장 31절의 "하나님이 그 지으신 모든 것을 보시니 보시기에 심히 좋았더라"라는 구절과 비교할 것.

34) 돈 후안의 한 에피소드와 연관된 부분이며, 여기서의 기사는 도나 안나의 아버지를 의미한다. 돈 후안은 도나 안나의 방에 몰래 숨어들고, 이에 놀란 도나 안나의 외침에 그녀의 아버지가 달려온다. 그녀의 아버지는 돈 후안을 붙잡으려 하지만 오히려 돈 후안의 손에 죽임을 당하고, 돈 후안은 달아나버린다. 이 장면은 돈 후안의 이야기를 소재로 한 많은 작품에서 반복되는데, 몰리에르Molière의 〈동 쥐앙Don Juan〉에서는 이 장면이 삭제되어 동 쥐앙(돈 후안)과 도나 안나의 아버지가 실제로 만나는 일이 없다. 그녀의 아버지는 동 쥐앙이 베푼 향연에 등장하는 차가운 조각상으로 대치된다. 이 극적인 장면에서 조각상과 악수를 나눈 동 쥐앙은 전율을 느끼고 의식을 잃는다.

35) (옮긴이주) 뮈세는 '5,000년 전부터depuis cinq mille ans'라고 원문에서 명시하고 있다.

36) (옮긴이주) 본명이 프랑수아 마리 아루에François-Marie Arouet

인 볼테르를 말한다.

37) 잘 알려진 바와 같이 브루투스Marcus Junius Brutus는 황제가 되려는 카이사르의 야심을 알아채고 동료인 카시우스 등과 함께 카이사르를 암살한 인물이다. 이후 그는 이탈리아를 떠나 그리스로 가서 활동했다. 브루투스는 기원전 42년에 안토니우스와 옥타비아누스의 군대와의 필리피 전투(필리피는 그리스 북동부 해안에 있었던 고대 도시다)에서 패전하여 자살했다. 플루타르코스의 《영웅전》에 의하면 이 말은 필리피 전투에서 브루투스가 한 것으로 전해진다.

38) 포르티아는 브루투스의 아내로 브루투스가 죽었을 때 그를 뒤따르기로 결심한다. 사람들의 감시로 칼을 손에 넣을 수 없었던 그녀는 불타고 있는 석탄을 삼켜 '유례없는 죽음'을 택한다.

39) 카시우스는 필리피 전투에서 브루투스가 그에게 보낸 기병대를 적으로 오인하고는 이 전투가 가망 없다고 판단한다. 그는 부하에게 자신의 목을 베게 해 죽음을 택한다.

40) 플루타르코스의 《영웅전》에 의하면 브루투스는 "별이 가득한 하늘을 바라보며" 덕을 부인하는 말을 했다고 한다.

41) (옮긴이주) 1098년 프랑스 시토에서 시작된 가톨릭 수도회의 분파로, 엄격한 고행으로 자신과 여러 사람의 죄를 보상하고, 침묵을 통해 기도하는 정신을 기르며, 하느님과 합일하는 것을 이상으로 삼아 철저한 금욕 생활을 했다. 19세기 초에는 신자 수가 700명을 넘었고, 20세기에 들어서 잠시 분열되었다가, 레오 13세에 의해 독립 수도회로 통합되어 현재까지도 명맥을 유지하고 있다.

42) 에스쿠스Escousse라고도 불리는 빅토르 드 라세르Victor de Lassère는 1813년 파리 태생으로 사무원이자 극작가였다. 1831년 6월 18세 때, 포르트 생 마르탱 극장에서 〈무어인 파뤼크 Farruck le Maure〉라는 그의 최초의 희곡이 상연되어 성공을

거둔다. 같은 해 12월, 테아트르 프랑세에서 〈페드로 3세Pierre III〉가 무대에 올려졌으나 결과는 만족스럽지 못했다. 관객은 냉담했고 평론은 신랄했다. 두 달 후인 1832년 2월에는 〈레이몬드 Raymond〉라는 작품을 오귀스트 르브라Auguste Lebras라는 친구와 함께 게테 극장에 올린다. 이번에는 참담한 실패였다. 미래에 대한 신뢰를 상실한 열여덟 살과 스물한 살의 이 두 청년은 6개월 동안 자신들의 실패로 괴로워하다 죽음을 택한다. 버너에 불을 붙인 것이다. 이 사건은 커다란 사회적 반향을 불러일으켰다.

43) (옮긴이주) 〈마가복음〉 15장 37~38절에 의하면 "예수께서 큰소리를 지르시고 운명하시다. 이에 성소 휘장이 위로부터 아래까지 찢어져 둘이 되니라". 〈마태복음〉 28장 50~51절에서도 유사한 구절을 볼 수 있다. "예수께서 다시 크게 소리 지르시고 영혼이 떠나시다. 이에 성소 휘장이 위로부터 아래까지 찢어져 둘이 되고 땅이 진동하며……." 〈누가복음〉 23장 46절에 의하면 사원의 휘장은 예수가 "아버지여 내 영혼을 아버지 손에 부탁하나이다"라고 말하고 숨을 거두기 전에 찢어진다.

44) (옮긴이주) 카라라는 이탈리아 북서부에 있는 도시로, 중세부터 세계에서 품질이 가장 뛰어난 대리석이 여기서 채석되었다. 미켈란젤로 등 많은 조각가들이 이 대리석으로 작품을 제작했다.

45) (옮긴이주) 아이티의 옛 이름. 아이티는 서인도제도의 섬나라로 라틴 아메리카의 공화국 중에서는 유일하게 옛 프랑스 식민지이며, 최초로 독립한 흑인 공화국이다. 잇따른 독재로 인해 라틴 아메리카에서 가장 가난한 나라 중 하나다.

46) 아이티에서는 16세기 초에 원주민 카리베족이 스페인 정복자에게 전멸당했고, 그 대신 아프리카 흑인 노예가 이곳에 들어왔다. 그 후 1626년에 프랑스 해적이 토르튀 섬에 근거지를 건설

함으로써 프랑스의 세력이 커졌으며, 1697년 리스위크 조약에서 프랑스령임이 인정되었다. 18세기 말에는 60만 명이나 되는 흑인 노예가 목화, 사탕수수, 커피 등의 재배에 혹사당하면서 가장 번영한 프랑스령 식민지가 되었다. 1791년 8월에 봉기한 흑인들은 투생투베르튀르, 데살린, 폐숑 등의 뛰어난 지도자 아래 뭉쳐 프랑스, 스페인, 영국의 군대를 격파했으며, 1804년 1월 1일 고나이브에서 흑인 공화국의 성립을 선언했다. 롤라의 이 구절은 1891년 아이티 흑인 노예 해방 운동을 암시한다.

47) 뮈세는 테오크리토스Theocritos의 이 구절을 염두에 둔 듯하다. "그리고, 엔디미온, 그는 누구였는가? 그는 목동이 아니었는가? 그렇지만 소떼가 풀을 뜯는 동안 셀레네는 그에게 입 맞추었다. 올림포스를 떠난 그녀는 라트모스의 숲이 우거진 계곡으로 와서 그 아름다운 아이와 함께 잠들었다."

48) (옮긴이주) 뮈세는 '5000년 전부터'로 명시하고 있다.

49) 트로이의 영웅인 티토노스의 아름다움은 에오스를 사로잡고, 그를 납치한 에오스는 그를 위해 제우스로부터 영원불멸의 생명을 얻어낸다. 그러나 에오스는 티토노스에게 영원한 젊음을 줄 생각은 미처 하지 못했고, 티토노스는 점점 나이가 들어 완전히 노쇠하게 된다. 그 결과 그에게는 목소리밖에 남지 않게 된다.

50) (옮긴이주) 파리 북쪽 교외 발두아즈 지역의 몽모랑시 숲을 말한다.

51) (옮긴이주) Boulevard de Gand. 당시에 댄디들이 모여들었던 거리의 이름이다.

52) 모자와 의상을 만들던 당시의 유명한 상점.

53) 바덴에 있던 유명한 사교장. 레스토랑, 카페, 여자들을 위한 방, 도박이나 무도회 콘서트를 위한 널찍한 살롱, 극장 등을 갖춘 곳이었다.

54) (옮긴이주) 신약에서 귀신의 왕을 가리키는 말로 사탄의 다른 이름이다.

55) (옮긴이주) 라인 강 동쪽에 펼쳐진 산맥으로 약 60퍼센트가 빽빽한 침엽수 삼림으로 뒤덮여 있어 프랑스어로는 Forêt-Noire (검은 숲)라고 불린다. 이 시의 배경이 되는 바덴은 이곳에 있는 온천 휴양지이며, 오늘날에는 스키 등 겨울 스포츠를 즐기는 곳이다.

56) (옮긴이주) 19세기의 오 프랑 은화.

57) (옮긴이주) 파뉘르주는 라블레François Rabelais의 《팡타그뤼엘*Pantagruel*》에 나오는 인물로 팡타그뤼엘의 친구이다. 배를 타고 강을 건너다 뱃사공과 감정이 상한 파뉘르주는 뱃사공의 양한 마리를 사서 강에 던져버린다. 한 마리가 하는 행동을 따라하는 습성이 있는 양들은 모두 강에 빠져 죽고 만다. 파뉘르주의 양떼는 부화뇌동하는 사람을 일컫는다.

58) (옮긴이주) 오시안Ossian은 고대 켈트족의 전설적 시인이며 영웅이다. 호메로스나 성서를 연상시키는 낭만적 서사시를 썼다고 한다.

59) (옮긴이주) 16세기까지 네덜란드와 벨기에에서 발전한 미술 유파.

60) (옮긴이주) 테니르스David Teniers는 플랑드르파의 화가로 1582년에 태어나 1649년에 사망했다.

61) 뮤즈는 제우스와 기억의 여신 므네모시네 사이의 딸이다.

62) (옮긴이주) 주피터의 아내.

63) (옮긴이주) 18세기 후반과 19세기에 유행했던 춤.

64) (옮긴이주) 피아노의 전신인 악기로 하프시코드, 쳄발로라고도 한다.

65) 셰익스피어의 희곡 〈오셀로Othello〉의 여주인공.

66) 이곳에서 언급된 지명들은 모두 《일리아스*Ilias*》의 '두 번째 노

래'에서 따온 것이다.

67) 삶에서 필요한 노력을 가리킨다.

68) 사랑의 여신인 비너스에게 바쳐진 꽃.

69) 1834년 8월, 뮈세는 영원히 프랑스를 떠나고자 했다.

70) (옮긴이주) 알프스의 도시.

71) (옮긴이주) 스위스 레만 호 근처의 도시.

72) 직접적으로 표현하면 유월부터.

73) 여기에서 욕심이나 욕망의 의미로 사용된 인색함avarice은 사실 글을 써서 몇 푼의 돈을 벌고자 하는 욕심을 뜻한다. 여기서는 아마도 1836년 4월 15일자 《양세계 평론Revue des deux mondes》지에 실린 '1836년 살롱전'에 관한 글이 될 것이다. '의견opinion'은 1835년 9월에 발표된 〈출판 및 보도에 관한 법률la Loi sur la Presse〉이라는 시에 대한 암시다.

74) 뮈세는 〈오월의 밤〉의 배경을 상기시킨다.

75) 에메 달통Aimée d'Alton을 말한다.

76) 달을 뜻한다.

77) (옮긴이주) 아드리아 해 근처에 있는 이탈리아의 도시. 바이런과 단테는 이 도시에 관한 시를 남겼다.

78) 테레사 구이치올리Teresa Guiccioli 백작부인을 말한다. 바이런의 연인들 중 가장 유명한 여인이다. 1823년 7월 바이런은 터키에 대항하는 그리스 독립군에 합류했고 1824년 4월 메솔롱기온에서 말라리아에 걸려 사망했다.

79) 여기서 말하는 시는 라마르틴Alphonse de Lamartine의 《최초의 명상 시집 Premières Méditations Poétiques》 중 바이런에게 바쳐진 〈인간L'Homme〉이라는 시다.

80) 몇 행 뒤에서 뮈세는 라마르틴이 〈인간〉을 쓸 때 스무 살이었다고 말하지만, 정확히는 스물아홉 살이었다.

81) 아름다운 외모의 청년. 신화에 의하면 독수리로 변신한 제우스

의 유혹을 받는다. 제우스는 가니메데스를 안은 채 올림포스 산 까지 날아간다. 이 독수리를 통해 뮈세는 시에 있어서의 천재적 재능을 상징한 것으로 보인다. 라마르틴으로 하여금 뮈세에게 있어서 시신(詩神)과도 같았던 바이런에게 필적할 수 있게 한 것은 바로 이 천재적인 시적 재능이었다.

82) (옮긴이주) 바이런이 작품 활동을 할 무렵 유럽에서는 여전히 전쟁의 포화가 멈추지 않았다.

83) 〈인간〉의 4행은 다음과 같다. "나는 당신 음악회의 거친 하모니를 사랑합니다."

84) 이러한 구절에도 불구하고 뮈세는 라마르틴에게서 답신을 받지 못한 것에 실망했다.

85) 죽은 연인에게 바치는 라마르틴의 유명한 시 〈호수Le Lac〉를 말한다.

86) 형 폴 드 뮈세Paul de Musset는 이 부분에 대해서 다음과 같이 설명한다. "스물다섯 살밖에 되지 않은 청년의 삶에서 십 년간의 사랑이 어떻게 자리잡을 수 있었겠는가? 불행한 연인의 고통은 행복이 지속되었던 시간으로 측정되는 것이 아니다. 라마르틴에게 이야기하는 시인은 맺어지기가 무섭게 깨진 관계에 그러한 회한과 절망이 기인한다는 사실을 다른 사람들은 믿을 수 없을 것이라고 생각했다."

87) 유명한 오페라 가수였던 라 말리브랑La Malibran은 1836년 9월 23일에 사망했다. 무대에서 마지막 노래를 부른 후 의식을 잃고 쓰러져 9일 후에 숨을 거뒀다. 음악회의 마지막 노래는 청중들의 환호로 두 번 연속해서 불렀다고 전해진다. 뮈세는 라 말리브랑의 노래에서 '언어'와 '음악'이 조화된 예술의 최고 경지를 보았다.

88) 소녀 시절 라 말리브랑의 이름은 마리아 펠리시아 가르시아 Maria-Félicia Garcia였다.

89) (옮긴이주) 페이디아스Pheidias(기원전 490~430?)는 그리스의 조각가다. 그의 작품은 아티카 조각의 '황금 시대'라 불리는 기원전 5세기 무렵의 아테네 예술의 전성기를 대표한다. 파르테논 신전의 건축은 페이디아스의 지휘 아래 이루어졌으며, 유명한 아테나 여신상은 그의 작품으로 알려져 있다.

90) 기원전 4세기의 거장 프락시텔레스Praxiteles의 유명한 '크니도스의 아프로디테'는 비너스 여신을 전라의 모습으로 표현한 최초의 걸작이다. 여기에서 뮈세가 프락시텔레스의 비너스를 의미하는 것인지 아니면 1820년 밀로스 섬에서 발견되어 루브르 박물관으로 옮겨진 비너스 상을 의미하는 것인지는 분명하지 않다. 아마도 후자일 것으로 추측된다. 현재는 그렇지 않은 것으로 판명되었지만, 그 당시만 하더라도 밀로스 섬에서 발견된 비너스 상이 프락시텔레스의 것이라는 설이 분분했기 때문이다.

91) (옮긴이주) 라 말리브랑의 목소리를 말한다.

92) 로시니의 오페라 〈도둑까치Gazza ladra〉에 나오는 등장인물. 라 말리브랑은 여기에서 니네트라는 시골 처녀 역을 맡았고, 이 이름을 본떠서 주변 사람들로부터 니네트라는 별명을 얻었다.

93) (옮긴이주) 코릴라는 그네코Francesco Gnecco의 〈심각한 오페라의 연습la Prova d'un opera seria〉에 나오는 등장 인물이다.

94) (옮긴이주) 로시니의 〈세비야의 이발사Il barbiere di Siviglia〉에 나오는 등장 인물이다.

95) (옮긴이주) 두 음 사이의 빠르고 연속적인 장식음.

96) (옮긴이주) 데스데모나는 로시니의 〈오텔로Otello〉에 나오는 오텔로의 아내다.

97) (옮긴이주) 이탈리아 남부 지방의 3박자 춤.

98) 라 말리브랑에 관한 모든 전기에는 그녀의 선행에 관한 내용이

언급되어 있다.

99) (옮긴이주) 프랑스의 화가.

100) (옮긴이주) 프랑스의 비교해부학자이자 고생물학자로 파리 자연사 박물관 해부학 교수, 콜레주 드 프랑스 자연사 교수 등을 지냈다.

101) 이 사람들이 모두 '얼마 전부터' 잠들어 있는 것은 아니다. 퀴비에는 1832년 5월, 괴테는 1832년 3월, 바이런은 1824년 4월, 제리코는 1821년 1월에 사망했다. 그렇지만 실러는 1805년 5월에 죽었으니 뮈세가 이 시를 쓰기 30여 년 전인 셈이다.

102) (옮긴이주) 애도의 상징으로 고대인들이 무덤에 심었던 나무.

103) 화가인 레오폴드 로베르Léopold Robert는 1794년 3월에 태어나 사랑의 슬픔을 견디지 못하고 1835년 3월에 베니스에서 목숨을 끊는다.

104) 벨리니Vincenzo Bellini는 이탈리아의 작곡가다. 1801년 11월에 태어나 1835년 9월에 죽었으므로 채 33년을 살지 못한 셈이다.

105) 《국민National》지의 편집장이었다. 1836년 결투에서 입은 부상으로 사망했다.

106) 파스타Guiditta Pasta(1798~1863)는 라 말리브랑처럼 유명한 오페라 가수였다. 모든 사람이 뮈세와 같은 의견을 가진 것은 아니었으며, 혹자는 정열적이고 시적인 라 말리브랑보다 오히려 더 절제된 파스타를 높이 평가하기도 했다.

107) 루크레티우스Lucretius는 《사물의 본질에 대하여De natura rerum》에서 에피쿠로스의 철학을 소개하며, 그를 '신'이라고 부른다.

108) 뮈세는 〈롤라〉에서도 '바다의 딸' 비너스 아스타르테를 언급한다.

109) 이 구절에는 "마니교도들의 체계"라는 뮈세 자신의 주석이 붙

어 있다. 2세기경에 페르시아의 조로아스터교와 기독교의 요소들을 혼합해서 태어난 마니교는 세상을 이원론적으로 구분하고, 선신과 악신이라는 두 개의 경쟁적인 신을 인정했으며, 결국 더욱 강력한 선신이 악신을 제압할 것이라고 보았다.

110) "이신론(理神論)"이라는 뮈세 자신의 주석이 붙어 있다. 자연 신교 혹은 이신론은 세상의 제1원인의 존재라는 관념에서 생겨났다. 이것은 교리도, 종교 의식도 없이, 볼테르가 《뉴턴 철학의 요소들*Éléments de la philosophie de Newton*》에서 쓴 것처럼 '인간에게 공통적인 정신 원칙들' 속에서 존재한다. 프랑스에서는 볼테르가 대표적인 이신론자인데, 그에게 이신론은 '유일하게 진실한' 것이다.

111) 라므네Félicité Lamennais의 자유주의적이고 민주적이고 근대주의적인 가톨릭 신앙을 말한다.

112) 디오게네스 라에르티오스Diogenes Laertios는 《저명한 철학자의 생애와 학설*De clarorum philosophorum vitis ect*》에서 다음과 같이 말한다. "전통은 그[피타고라스]가 ……다른 존재에 고정되기 위해 한 존재에서 다른 존재로 지나가는 영혼의 이동을 발견하기를 원한다." 그리고 그 자신 이전에 일어난 자신의 이동에 대해 이야기한다. 라이프니츠가 묘사하는 것은 피타고라스의 것과 동일한 변화가 아니라, 강한 욕망이라는 내적 힘의 작용에 의해 식물적 생명의 영혼을 감각적 생명과 지적 생명으로 고양시켜, 계속 진보하고 향상되고 완벽해지는 지성이나 정신이 되는 것이다.

113) 뮈세 자신의 주석에 의하면 이 사람은 로크John Locke다.

114) 뮈세 자신의 주석에 의하면 이 사람은 칸트Immanuel Kant 다.

115) 뮈세는 원문에서 5,000년으로 명시하고 있으나 이는 운을 맞추기 위한 것으로 보인다.

116) (옮긴이주) 힌두교의 창조 신.

117) (옮긴이주) 테베 남쪽에 있는 산. 헤라클레스가 그곳을 휩쓸고 다니며 사람들을 괴롭히던 사자를 죽인 곳으로도 유명하다. 헤라클레스는 이 사자의 가죽으로 옷을 해 입고 이후의 모험에서 그 유명한 '열두 가지 과업'을 완수해낸다.

118) (옮긴이주) 디오니소스 제전은 로마 신화에서는 바코스로 불리는 디오니소스 신에게 바쳐진 통음난무(痛飮亂舞)의 축제다. 디오니소스의 여사제들은 디오니소스 제전에서 머리카락은 바람에 헝클어지고, 이마에는 뱀의 관을 두른 채, 송악과 포도나무 가지로 장식한 일종의 투창인 디오니소스의 지팡이를 휘두르며 춤을 추었다. 에우리피데스Euripides의 〈바코스의 여사제들Bacchae〉에서 디오니소스는 늙은 왕 카드모스의 통치하의 테베인들이 디오니소스 숭배에 반발하는 것을 발견하고는 그들에게 격렬한 광기를 불어넣고 그들을 키타이론 산 기슭에서 벌어지는 광란의 디오니소스 제전으로 이끈다. 여사제들의 춤을 보고 싶었던 카드모스의 손자 펜테우스는 그들처럼 옷을 입고 다가간다. 하지만 남자인 것이 발각되고, 여사제들은 그에게 달려들어 디오니소스의 지팡이로 그를 때리고 토막 내었다. 그에게 가차 없는 공격을 가한 사람들 중 하나는 그의 어머니였다.

119) (옮긴이주) 방형으로 네 사람씩 짝지어 추는 춤.

120) 3박자 음악에 맞춘 장중한 춤인 미뉴에트는 우아하지만 고도로 양식화된 동작으로 구성되어 있어 왈츠와는 전혀 다른 것이었다.

121) 탈리앵 부인의 본명은 카바뤼Jenne-Marie-Ignace-Theresia Cabarrus다. 1773년에 태어난 그녀는 세 번 결혼했다. 1788년 드뱅과 결혼한 그녀는 1793년에 이혼하고, 이듬해에 테르미도르 혁명의 주동자들 중 한 명인 탈리앵Tallien과 결혼한다. 그

리고 1802년에 이혼하고 카라만 백작과 다시 결혼하여 1835년에 생을 마친다. 그녀의 인생에서 가장 파란만장하고 격동적이었던 기간은 탈리앵 부인으로 지내던 시절이었다. 진정 '화려한' 시절로 탈리앵 부인은 가장 주목받는 사람들 중 한 명이었다. 공쿠르 형제는 그녀에 대해서 다음과 같이 쓴다. "레이스로 짠 가슴 장식과 프레옹의 장미꽃 모양 장식이 달린 속바지와 빛나는 젊음으로 그녀는 미소 지으며 프랑스의 스캔들 합창대를 이끈다."

122) (옮긴이주) 로베스피에르파를 몰락시킨 1794년의 쿠데타. 또한 이것을 계기로 한 급진적인 혁명의 종결을 말한다. 쿠데타가 혁명력(革命曆)에 의한 테르미도르(熱月) 9일(7월 27일)에 일어났으므로 이런 이름이 붙여졌으며, '테르미도르'는 혁명을 종결시키는 '반동'을 뜻하게 되었다.

123) (옮긴이주) 제1제정에 뒤이은 루이 18세의 왕정복고는 백일천하(나폴레옹 1세가 1815년 3월 20일 엘바 섬에서 파리로 돌아와 제정을 부활한 날부터 위털루 전투에서 패배하여 퇴위한 그해 6월 29일까지의 약 100일간의 지배 기간)로 잠시 중단되지만 1830년 7월 혁명으로 붕괴되기까지 샤를 10세에 의해 지속된다. 이 구절은 이러한 시대적 상황을 뜻한다.

124) 뮈세는 왈츠를 아주 좋아했다.

125) 샤를 푸리에Charles Fourrier(1772~1837). 장부 담당 계원으로 시작했으나 사회 문제에 관심을 갖고 항구적 유사성과 인간과 세계 사이의 보편적 단일성에 근거한 사회 체계를 만들었다. 사회주의적 공동 생활체를 꿈꾸었으며, 마르크스의 사상을 예고한 그의 이론은 뮈세가 본 것처럼 '기상천외한 일'의 표본은 아니었다. 중요 저작으로는《네 가지 운동과 보편적 운명에 관한 이론Théorie des quatre mouvements et des destinées générales》(1808)이 있다.

126) 플리코토는 파리의 대학가인 라탱 가quartier latin, 정확히는 소르본 광장에 있었던 레스토랑의 경영자다.

127) 파리에서 멀지 않은 곳에 있는 지역. 이곳에는 노인들을 위한 양로원과 정신 병원이 있었다. 뒤랑은 뒤퐁이 양로원에 갈 만큼 나이가 든 것으로 생각하지는 않았다.

128) 파리 남쪽에 있는 지역. 이곳에도 역시 정신 병원이 있었다.

129) (옮긴이주) 바르나브Joseph Barnave(1761~1793). 제헌국회 의원.

130) 데물랭Camille Desmoulin(1760~1794). 신문 기자이며 국민 의회 의원.

131) 뮈세가 특히 좋아한 것은 생 쥐스트Saint-Juste(1767~1794) 였는데, 텐Hippolyte Taine이 "완강하고, 고급 넥타이 속에 파묻혀, 성체처럼 머리를 들고"라고 평가한 그는 로베스피에르보다 더 계몽적이고 단호했으며, 혁명의 열정 속에서 엄숙하고 냉혹했고, 그의 연설은 사기꾼과 쑥덕공론에 대한 비난으로 가득 차 있었다.

132) (옮긴이주) 공부 안 하는 학생에게 씌워주던 모자.

133) (옮긴이주) 타키투스Publius Cornelius Tacitus는 로마의 정치가이며 역사가이다.

134) 작스Hans Sachs(1494~1576)는 뉘른베르크 출생의 구두 수선공이면서, 시인, 극작가였다. 다작의 작가로 온갖 종류의 많은 작품을 남겼다. 《독일문학사Histoire de la littérature allemande》에서 보세A. Bosser는 "그는 영감을 가진 작가였지만, 심미안과 방법론이 부족했다"고 평했다.

135) 베나제Bénazet는 도박장 개설권자다. 리슐리외 가(街) 108번지에 살았는데, 그는 겨울에는 파리에 도박장을 열었고, 봄, 여름에는 바덴에서 뮈세가 〈행운Une bonne fortune〉에서 이야기하고 있는 도박장을 열었다.

136) (옮긴이주) 스파르타 최초의 입법자. 분명한 일화와 함께 플루타르코스의 《영웅전》에 등장하는 인물임에도 불구하고 그 실존 여부는 의심스럽다.

137) 라드보카Ladvocat(1790~1854)는 팔레 루아얄에 이어 말라케 강변 도로에서 서적상을 했는데, 왕정복고 시대에 유명한 서점이었다. 그는 샤토브리앙François-René de Chateaubriand, 빌맹Abel-François Villemain, 기조François Guizot, 빅토르 위고Victor Hugo, 알프레드 드 비니Alfred de Vigny 등의 책을 출간했다.

138) 철도를 뜻한다. 푸리에와 생시몽주의자들은 산업의 중요성을 인식하고 있었다. 특히 생시몽주의자들은 그 당시 가장 중요한 산업 활동이었던 철도 건설에 관심을 가졌다.

139) 인도주의적인 족속humanitairerie. 리트레 사전에는 이 단어에 대한 설명이 다음과 같이 되어 있다. "인도주의적인 족속. 알프레드 드 뮈세에 의해 만들어진 야유와 비방의 단어." 그리고 이 단어가 사용된 예로 이 시의 이 구절을 인용하고 있다.

140) (옮긴이주) 프랑스의 옛 화폐 단위로 일 리브르는 이십 수다. 혁명 후 프랑과 상팀을 기본 단위로 하는 화폐 체계를 갖게 되었다.

141) '라 튈'이라는 이름으로 불리기도 한다. '라 튈 영감의 술집'은 1790년 만들어졌다. 라 튈 영감은 1814년 파리로 진격해오던 프로이센의 블뤼허Blücher 원수에 대항해 파리를 지키려는 사람들을 자신의 가게에 받아들였고, 가게는 폭격을 당했다. 이 일로 유명해진 가게는 많은 고객을 확보했고, 후일 다시 문을 열게 되었다.

142) (옮긴이주) 보드빌은 17세기에는 노래나 발레가 군데군데 섞인 연극의 부수 장르를 가리켰다. 19세기에 이르러서는 가볍고 통속적이며, 줄거리가 복잡하고 흔히 오해와 우연에 의해

예상치 못한 방향으로 전개되는 코미디를 의미했다. 이 장르는 1850년 이후 외젠 라비슈Eugène Labiche에 의해 전성기를 맞게 된다.

143) (옮긴이주) 구약 성서의 〈욥기〉에 나오는 인물.

144) (옮긴이주) 마르몽텔Jean-François Marmontelle(1723~1799)은 작가이자 철학자로 볼테르와 가까웠고, 《백과전서 *Encyclopédie*》의 여러 항목을 집필했다. 유럽 전역에 걸쳐 명성을 얻었고, 1763년에 아카데미 프랑세즈 회원이 되었다.

145) 프로코프가 1639년에 만든 카페로, 17세기와 18세기에 커다란 인기를 끌었다. 많은 문인들이 그곳을 드나들었다.

146) (옮긴이주) 스페인 여자들이 머리에 두르는 검은 스카프.

147) 조베르 부인에게 바치는 시.

148) "한 마리의 굴뚝새도 당신에게는 무거운 짐입니다." 라 퐁텐 Jean de La Fontaine의 우화 〈떡갈나무와 갈대le Chêne et le Roseau〉에 나오는 구절이다.

149) (옮긴이주) 무지개의 여신.

150) (옮긴이주) 아폴론과 뮤즈에게 바쳐진 그리스의 산.

151) 이곳에 번역된 사랑 이야기는 《데카메론*Decameron*》에 나오는 나흘째의 여덟 번째 이야기다. 이 이야기는 '석공' 이라는 제목으로 번역되었다. 뮈세는 산문을 운문으로 바꿨음에도 보카치오Giovanni Boccaccio의 이야기에 많은 변화를 주지 않았다. 가장 특기할 만한 것은 보카치오의 이야기에 등장하는 실베스트르라는 이름의 소녀가 뮈세의 시에서는 실비아로 바뀌었다는 점이다. 그러나 이러한 변화는 부차적인 것이라 할 수 있다.

152) '어느 날 저녁' 은 1840년 7월 14일이었다. 이날 실제로 몰리에르의 〈염세주의자Le Misanthrope〉가 무대에 올려졌다.

153) (옮긴이주) 테아트르 프랑세Théâtre-Français. 1680년에 창립

된 고전극 전문 극장.

154) (옮긴이주) 몰리에르의 희곡 〈염세주의자〉의 주인공.

155) (옮긴이주) "화 있을진저 외식하는 서기관들과 바리새인들이
여. 잔과 대접의 겉은 깨끗이 하되 그 안에는 탐욕과 방탕으로
가득하게 하는도다. 소경된 바리새인들아 너는 먼저 안을 깨
끗이 하라 그리하면 겉도 깨끗하리라." 〈마태복음〉 23장 27절.
이 부분의 프랑스어 성경의 번역은 다음과 같다. "겉은 다른
사람들의 눈에 아름답지만 그 안에는 해골과 온갖 종류의 썩
을 것들로 가득 찬 흰 무덤과 같은 율법학자들과 바리새인들
에게 불행을." 흰 무덤은 위선자를 뜻한다.

옮 긴 이 에 대 하 여

김미성은 서울에서 초·중·고등학교를 다녔고 연세대학교 불문과를 졸업했다. 불문과에 들어오며 막연히 '문학을 공부해서' 먹고사는 사람이 되려는 생각을 한 듯하다. 대학 시절 강의 시간에 들었던 프랑스 19세기 시인들에 매료되어 지금까지 프랑스의 19세기에서 벗어나지 못하고 있다.

졸업 후에는 연세대학교 불문과 대학원에 진학해서 〈네르발 작품에 나타난 오르페 신화 연구〉라는 논문으로 석사 학위를 받았다. 이후 프랑스로 유학을 떠나 파리 8대학에서 박사 학위를 받았다. 학위 논문은 〈소설가 뮈세〉였다. 인간이 무엇인가 하는 질문에 대한 해답은 문학에서 찾을 수 있다는 믿음을 여전히 갖고 있으며, 따라서 아무리 시대가 변해도, 아무리 영상과 컴퓨터와 디지털이 지배하는 세상이 되어도 문학은 지속될 수 있다고 확신한다. 그래서 '문학을 공부해서' 먹고살고자 하는 젊은 시절의 바람은 어느 정도 지킬 수 있을 것 같다.

현재는 연세대 연구교수로 재직 중이다. 2003년부터 연세대학교 유럽문화정보센터의 책임연구원으로서 '축제'에 관한 연구에 참여하여 프랑스의 카니발에 관한 부분을 담당하고 있다. 이 연구를 계기로 앞으로는 시야를 문화 전반으로 넓혀보려는 생각도 가지고 있다. 뮈세 관련 논문으로는 〈"밤의 시편들"을 통해서 본 뮈세 시론 연구〉, 〈시인의 소설 : 뮈세의 《세기아의 고백》〉, 〈Musset et la musique〉가 있으며 현재는 댄디즘에 관한 책을 준비하고 있다.

kimmisung@dreamwiz.com

책세상문고
세계문학

0 2 1   오월의 밤

초판 1쇄 | 2004년 11월 15일

지은이 | 알프레드 드 뮈세
옮긴이 | 김미성
펴낸이 | 김직승
펴낸곳 | 책세상

전화 | 704-1251
팩스 | 719-1258
주소 | 서울시 마포구 신수동 68-7 대영빌딩 3층(우편번호 121-854)
이메일 | world8@chol.com
홈페이지 | www.bkworld.co.kr

등록 1975. 5. 21 제1-517호
ISBN 89-7013-474-3 04860
      89-7013-373-9 (세트)